SEINE JUNGFRÄULICHE NANNY

DER JUNGFRAUENPAKT - BUCH 2

JESSA JAMES

Veröffentlicht von Jessa James
James, Jessa
Seine jungfräuliche Nanny

abe

ICH WAR KAUM durch die Haustür meines besten Freundes, da war mein Schwanz schon wieder hart. Er war nicht der Grund. Er hat mir die Tür nicht alleine aufgemacht. Neben ihm standen zwei junge Frauen. Eine war seine neue Liebhaberin, Jane. Und obwohl sie hübsch war, war ich doch mehr von ihrer Freundin angetan; wie ein kleiner Junge, der zum ersten Mal Titten gesehen hatte. Sie bekam nicht nur meine Aufmerksamkeit, sondern auch die meines Schwanzes.

Als Greg mir gesagt hatte, dass er jemanden im Kopf hatte, die auf meine Nichte aufpassen könnte, hatte ich an einen unbeholfenen Teenager gedacht, die gerade erst in die Pubertät gekommen war. Wurden Nannys in

Filmen nicht immer auf diese Weise dargestellt? Mit Brille, Pony und Pickeln?

Ich schaute *sie* – Mary – von Kopf bis Fuß an. Ja, sie hatte einen Pony, aber ihre smaragdgrünen Augen waren nicht hinter einer Brille versteckt und jeder Zentimeter ihrer hübschen Haut sah makellos aus. Es sah nicht einmal so aus, als würde sie Make-Up tragen. Wenn doch, dann reichte es gerade so aus, um Köpfe zu verdrehen. Meinen hatte sie jedenfalls verdreht.

Ich musste ein paar Mal genauer hinschauen und warf dann sofort einen Blick auf diese D-Körbchen. Es war nicht meine Absicht, aber sie zeigten genau auf mich. Als ich meinen Kopf anhob, konnte ich sehen wie Marys Lächeln leicht in ein Grinsen überging. Ich konnte andere gut deuten und Mary gefiel es, wie ich sie ansah. Die Art und Weise, wie ich beim bloßen Anblick auf sie reagierte. Ich sollte mich benehmen, das wusste ich, aber ich konnte nichts gegen den Drang tun, sie beäugen zu wollen. Was ich *wirklich* wollte, war es, diese cremige Haut zu *berühren*, zu küssen, zu schmecken, und sie erröten zu lassen, wenn ich sie aus Lust zum Winseln brachte und sie mit meinem Schwanz erfüllen würde. Und natürlich, ihre Kurven wackeln zu sehen, wenn ich hart und tief in sie eindringen würde. Herrgott, es war vorbei und dabei war ich noch nicht einmal durch die Tür.

Es war bestialisch so über sie zu denken, aber sie war atemberaubend. Ihr ovales Gesicht und die hohen Wangenknochen ... und so sexy, mit schlanken Beinen, einem prallen Po und vorne herum gut ausgestattet. Ihre Haare waren lang und dunkel, fast schon schwarz und umrahmten ihr Gesicht perfekt. Sie hatte pinkfarbene

Lippen und grüne Augen, die gleichzeitig voller Unschuld und Lust erstrahlten. Der Anblick versetzte meinen Körper umgehend in Alarmbereitschaft und mein Schwanz wurde steinhart.

Das war eine Frau, der ich viel beibringen und die ich beschützen könnte und bei der ich es ausgiebig genießen würde, ihr die Welt von Sex und heißer, atemberaubender Leidenschaft vorzustellen. Ich hatte keinen Zweifel daran, dass sie unschuldig war. Sie mochte vielleicht einen Jungen in der Schule gefickt haben, aber es bestand kein Zweifel, dass sie es noch nie mit einem Mann getrieben hatte. Bei den meisten Frauen musste ich mich zwischen unschuldig und sexy entscheiden. Ich konnte nicht beides haben. Aber Mary? Sie war perfekt. Ich wollte sie.

Was dumm war. Sie war achtzehn. Janes beste Freundin. Die verdammte Nanny. Und im Handumdrehen fühlte ich mich wie ein Idiot. Ein echter Arsch. Aber das hier war insta-Liebe oder so ein Scheiß, weil sie mir gehören würde. Mary gehörte mir. Sie wusste es bloß noch nicht.

„Hey, ist alles in Ordnung?" Gregs Worte brachten mich zurück ins Hier und Jetzt.

„Ja klar", ich konnte mich schnell von meinen Tagträumerein losreißen. „Du bist also die Mary?"

Wir schauten uns einander an und meine blauen Augen blickten in ihre grünen. Sie sah mich leicht schmollend an und verschränkte ihre Arme übereinander, sodass ihre Ellbogen vor ihrer Brust ruhten. Dadurch wurde ihr Ausschnitt nur noch tiefer und ihr Lächeln ebenfalls. Ich wusste nicht, wo ich hinschauen sollte.

„Schön, dich kennenzulernen ..."

„Gabe", antwortete ich gelassen und streckte meinen Arm aus, um ihre Hand zu schütteln.

„So förmlich", antwortete Mary. Sie trat einen, dann zwei Schritte näher, breitete ihre Arme aus und umarmte mich. Ich war zu überrascht und zu sehr von dem Gefühl ihrer Brüste, die gegen meine Brust drückten, überfallen, um ihre Umarmung zu erwidern.

„Sag mir nur nicht, dass du so deine Lehrer umarmst?!" fragte ich neckend. Als sie sich von mir wegzog, hob sie eine Augenbraue an und wandte sich Greg zu. Er unterrichtete Staatsbürger- und Regierungskunde an einer nahegelegenen Privatschule für Mädchen und Mary war seine Schülerin. Sie hatte gerade erst ihren Abschluss gemacht und wollte sich nebenbei etwas dazuverdienen, bevor sie im Herbst mit der Uni begann und zufälligerweise suchte ich gerade eine Nanny.

Ich hatte meiner Schwester versprochen, dass ich auf Ashley, ihre zweijährige Tochter, während ihres Einsatzes in Nahost aufpassen würde, aber ich musste weiterhin arbeiten. Als Architekt waren Baustellen nicht unbedingt der richtige Ort für Zweijährige. Als ich einen Blick auf Mary erhaschte, konnte ich nicht anders als zu denken, dass sie einem Engel glich. Sie sah nicht nur so aus, sondern war auch einer. Ich hatte keine Ahnung, was ich ohne eine Nanny machen würde. Ich mochte meine Nichte, aber ich konnte nicht rund um die Uhr bei ihr sein. Außerdem hatte ich keinerlei mütterlichen Instinkte.

„Seid ihr nicht auch alle hungrig? Ich verhungere!" sagte Jane. Greg hatte es gut mit ihr getroffen und seinem zufriedenen Blick nach zu urteilen, hatte er sie an ihren Platz gebracht: unter ihm. Oder vielleicht auf seinem Schoß. Oder auf allen Vieren. Ich hatte kein Interesse an

Jane und meine Gedanken wanderten zu Mary in diesen Positionen. Mit mir.

„Hat dich Greg ausgelaugt? Bist du deshalb so hungrig?" Neckte Mary ihre Freundin und mir blieb schockiert der Atem weg. Ja, ich hatte ähnliche Gedanken, aber diese Worte von der süßen Mary?

Ich schaute zwischen Jane und Greg hin und her und ich konnte sehen, wie Janes Wangen erröteten. Das war genau die Art und Weise, wie Greg und ich immer miteinander umgingen und auch genau der Grund, weshalb wir befreundet waren. Die Tatsache, dass Mary sich an dem ganzen Spaß beteiligte, machte es doppelt so interessant. Ich hoffte nur, dass ich sie auch so erröten lassen könnte.

Ich konnte mich nicht davon abhalten das Mädchen ... oder eher die Frau, anzustarren. Frau – das meinte ich. Für Achtzehnjährige sahen Mary und Jane reif und erwachsen aus – auf extrem positive Art und Weise. Sie trugen enge Kleidung, die perfekt an ihren prallen Brüsten und Hintern anlag, aber Mary haute mich mit ihrem Mega-Lächeln um, das meinen Schwanz in Bewegung setzte. Was nicht gut war, jedenfalls nicht jetzt. Nicht vor Gregs Haustür. Aber ein Mann, der sie nicht direkt anstarrte, war wahrscheinlich schwul. Kein Wunder, dass Greg so sehr auf Jane abfuhr und er ständig befriedigt wurde.

Als er mir zum ersten Mal gesagt hatte, dass er auf eine Achtzehnjährige stand, hatte ich ihn für verrückt erklärt. Greg war gutaussehend und er wusste, wie er sich zu verhalten hatte. Er war sogar ein Anwalt oder würde es sein, sobald er sein Examen bestanden hatte. Er war ein echter Fang. Frauen in seinem Alter schmissen sich nur so an ihn ran, aber er behauptete, dass da einfach etwas an Jane war, etwas, das in ihm tatsächlich Interesse für etwas Ernstes weckte. Bei unserem letzten Gespräch hatte er sogar etwas von Ehe erzählt, was absolut verrückt war. Er hatte Jane noch keinen Antrag gemacht, aber sie war praktisch schon bei ihm eingezogen. Ihre Familie war normalerweise damit beschäftigt, in der Weltgeschichte herumzureisen, also schien es eine leichte Wahl für sie, ihre Zeit mit Greg zu verbringen. Und wenn ich eine Frau wie sie jede Nacht in meinem Bett hätte ...

„Du bist doch nur eifersüchtig, dass du keine scharfe, junge Freundin hast ... und Sex-auf-Bestellung", erwiderte Greg. Ja, er konnte meine Gedanken lesen.

„Das war ausgezeichnet, Mann." Ich gab meinem Freund einen Klaps auf die Schultern. „Da hast du mich erwischt. Kein Sex-auf-Bestellung und ich bin fertig mit den One-Night-Stands."

„Hmmm ..." Ich drehte meinen Kopf zu der Person, der diese weiche Stimme gehörte. Mary sah mich mit neugierigem Blick an, bevor sie ihre Lippen zu einem kleinen Lächeln spitzte. Dann schaute sie weg und legte einen Arm um Jane.

„Ich habe gehört, dass es Steaks gibt", sagte sie. „Ich helfe dir dabei."

„Das Essen ist schon vorbereitet", sagte Greg. „Ich muss die Steaks nur noch auf den Grill schmeißen. Komm rein."

Händchenhaltend führten uns Greg und Jane in die Küche.

Mary sagte: „Danke für die Einladung zum Abendessen, Herr Parker. Dein Haus ist sehr schön."

„Nein, danke *dir*", antwortete er, bevor er mich flüchtig ansah. „Du tust Gabe einen riesigen Gefallen, indem du diesen Sommer auf seine Nichte aufpasst."

„Kein Problem. Ich *liebe* Kinder", antwortete sie fast schon gurrend, als sie in meine Augen schaute. „Wie oft muss ich denn auf sie aufpassen?"

Bevor ich etwas sagen konnte, antwortete Greg schon: „Bevor ihr beide über das Geschäftliche redet und es langweilig wird, lasst uns erst essen. Die Kartoffeln und der Salat sind fertig und die Steaks brauchen nur noch ein paar Minuten."

Nickend nahmen wir alle drei Platz. Ich saß neben Mary. Unsere Beine berührten sich unter dem Tisch und ich konnte das kribbelnde Gefühl in meinem Bauch nicht unterdrücken.

Verdammt.

Verdammt. Verdammt. Verdammt. Ich steckte in Schwierigkeiten. Mein Schwanz würde einen Abdruck vom Reißverschluss haben, weil sich unsere Schenkel berührten.

Das war alles, woran ich beim Abendessen denken konnte. Als sich Mary ihre ebenholzfarbenen Haare in einem Zopf nach hinten band, kam ihr Nabel zum Vorschein und mir blieb der Atem weg. Ich versuchte mich so unauffällig wie möglich zu verhalten. Als Mary ihre vollen, roten Lippen öffnete, um ein Stück Steak zu essen, musste ich mich zusammenreißen, mir nicht allzu sehr vorzustellen, wie sie um meinen Schwanz herum aussehen würden. Als sie mit ihrer seichten, weiblichen Stimme problemlos dem Gespräch beitrug, stellte ich fest, wie klug und gewandt, aber auch wie hübsch sie war. Alles an ihr – ich wollte einfach mehr erfahren. *Verdammt,* ich wollte sie verdammt nochmal schmecken. Alles an ihr.

„Wie schmeckt dein Steak?" fragte sie.

Aus Höflichkeit und ein wenig, weil mich mein Schwanz dazu anstieß, schaute ich zu ihr, obwohl ich eigentlich eher starrte. Ihre Lippen spitzten sich wieder zu einem kleinen Lächeln und sie drehte sich so, dass ihr Oberkörper in meine Richtung lehnte. Ich schaute auf ihren Ausschnitt. Ich konnte nicht anders. Ich war einfach nur ein Mann und verdammt ... der Ausschnitt war üppig und mehr als eine Hand voll. Ich ballte meine Hände zu Fäusten, damit ich sie nicht in meine Handflächen nehmen würde, um zu fühlen, wie schwer sie waren und zu sehen, wie sie über meine Finger ragten. Als ich wieder hochschaute, hatte sich ihr Lächeln in ein neugieriges Grinsen verwandelt. Es war, als ob sie mich ärgern wollte.

Es bestand kein Zweifel, dass sie mit mir flirtete. Ich hatte Erfahrung mit Frauen, die versuchten, meine Aufmerksamkeit zu bekommen. Ich kannte die meisten Tricks, die sie aus dem Hut zogen und es schien als spielte Mary das gleiche Spiel. Ich schüttelte leicht meinen Kopf. Ich wollte nicht zu sehr darüber nachdenken. Sie war achtzehn Jahre alt.

Als ich achtzehn war, war ich ein unbeholfenes und tollpatschiges Kind gewesen, das keine Ahnung hatte, wie man flirtet. Den Mädchen damals ging es genauso. Wir waren alle naiv gewesen und wussten so gut wie nichts darüber, wie man das andere Geschlecht anzog. Es schien, als hätte Mary kein Problem *meine* Aufmerksamkeit zu erhaschen. Zum Teufel, ich würde sie nicht vergessen können. Nein, ihr Duft, ihre Augen und ihre

Kurven hatten sich in meinen Kopf eingebrannt. Sie hatte mich und meinen Schwanz um ihren kleinen Finger gewickelt.

„Gabe?" rief sie, da ich ihr immer noch nicht geantwortet hatte.

„Es ist super. Willst du einen Bissen?"

Automatisch schnitt ich ein Stück Fleisch ab, gabelte es auf und hielt es in ihre Richtung. Ich sah wie sie in Reaktion auf meine Geste überrascht ihre Augen aufriss. Ich schaute sie an und konnte meinen Kopf nicht abwenden. Von ihren hohen Wangenknochen und den vollen Lippen, einfach jeder Teil von ihr passte zu dem anderen, um ein Meisterwerk zu schaffen. Sie lehnte sich schließlich nach vorne und öffnete die Lippen, um ein Stück meines Steaks zu probieren. Als das leicht blutige Fleisch ihre Zunge berührte, schloss sie ihre Augen und genoss den Geschmack, bevor sie die Augen wieder aufmachte. Heilige Scheiße, welche Geräusche sie von sich gab. Teils stöhnend, teils ächzend und ich wollte, dass sie das Geräusch noch einmal machte, aber erst wenn sie auf meinem Schwanz kam.

Das hier war das Intro für einen verdammten Porno.

Besonders so wie sie mich anschaute und wie sie sich bewegte – feminin, jugendlich und doch berechnend – war es schwierig, nicht mehr über sie erfahren zu wollen. Weder verhielt sie sich oder sprach sie wie eine Achtzehnjährige, noch sah sie wie eine aus. Meinem Schwanz war ihr Alter egal. Es war legal, sie war umwerfend, sie war klug und sie war an mir interessiert. Sie gehörte mir.

Während das Abendessen weiterging und das Gespräch intensiver, aber auch leichter und ungezwungener wurde, begann ich, sie als jemanden zu sehen, die sich nicht von ihrem Alter definieren ließ. Sie sprach über ihre Zukunftspläne. Sie wollte frühkindliche Erziehung studieren, da sie eine Vorschullehrerin sein wollte. Es war ehrenwert und ich bemerkte, dass ich einfach alles über sie wissen wollte. Sie war nicht einfach nur das hübsche und sexy katholische Schulmädchen, das meinen Schwanz hart werden ließ, obwohl der Gedanke, wie sie ihren karierten Rock der Schuluniform trug, meinen Schwanz schmerzlich gegen den Reißverschluss meiner Jeans drücken ließ.

Sie war eine komplexe Persönlichkeit, die mehr vom Leben wollte, als einfach nur durchzukommen. Sie hatte Hoffnungen und Träume und wollte für die Uni ans andere Ende des Landes ziehen.

„Bist du bereit für den großen Umzug?" fragte ich sie. Jane war gerade aus der Küche gekommen und brachte den Erdbeer-Käsekuchen aus dem Kühlschrank. Sie schnitt für jeden von uns ein Stück ab, reichte uns die Teller und setzte sich dann neben Greg. Alle Augen wandten sich Mary zu.

„Hmmm ..." In ihrer Stimme konnte man einen Hauch Zögern erkennen. „Nicht wirklich. Ehrlich gesagt, will ich nicht wegziehen und ich hatte vorgehabt, an die Uni hier in der Gegend zu gehen, aber meine Mutter sagt mir ständig, dass diese bestimmte Uni die beste ist, um einen Abschluss im Bereich Bildung zu machen. Und das ist die einzige Uni, die sie bezahlen will."

Ich runzelte die Stirn. „Ich bin mir sicher, dass du mit ihr darüber sprechen kannst", bot ich an und lächelte sie warm an, was sie auch erwiderte. Ihre Mutter klang wie ein Miststück, wenn sie diktierte, wo ihre Tochter studieren sollte. Ihr das Geld nicht geben, um an einem anderen Ort zu studieren? Das war Bestechung.

Ich wollte sie nicht wütend sehen und dieses Gespräch ruinierte definitiv ihre Stimmung. Ich entschied mich dazu, das Thema zu wechseln. „Ich bin einfach nur dankbar, dass ich dich für Ashley gefunden habe. Ich verspreche dir, dass sie gut erzogen ist."

Mary schüttelte schnell den Kopf und stimmte dem, was ich gerade gesagt hatte, offensichtlich nicht zu. „Sie ist zwei. Sie muss sich ja nicht immer benehmen. Es ist absolut kein Problem. Ich schwöre es. Ich liebe Kinder und ich habe schon geplant, sie in einige Parks und ins Museum der Wissenschaften zu nehmen. Ich bin mir auch sicher, dass wir mehr als genug Zeit haben werden, um in den Zoo zu gehen."

„Heb dir den Zoo für das Wochenende auf", fügte ich schnell hinzu. „Wir werden alle drei zusammen gehen."

Mir entging es nicht, dass Jane und Greg grinsten. Mein Freund sah mich an und hob seine Augenbraue. Ja, ich war genauso erledigt wie er. Nein, ich hoffte, genauso oft gefickt zu werden wie er. Bald. Ich musste Mary nur nackt und unter mir haben und ihr zeigen, dass sie mir gehörte.

Jane begann ihren Kopf zu schütteln, als sie zwischen mir und Mary hin und her schaute. Ich wusste, was sie dachten. Sie hatten uns als Arbeitgeber und Nanny zusammengebracht, aber hatten sie uns auch ein wenig verkuppeln wollen? Es war mir egal. Ich wollte nur Mary – in jeglicher Form.

„Wir lassen euch beide dann mal in Ruhe", sagte Greg und nahm die Teller vom Tisch, aber ließ den Käsekuchen da. „Ich bin mir sicher, dass ihr euch einigt, bevor sie beginnt, auf Ashley aufzupassen. Jane und ich sind in der Küche."

Ja, verkuppeln. Passte mir. Ich musste daran denken, Greg beim nächsten Männerabend ein Bier zu spendieren. Ich schuldete ihm eins.

Als die beiden den Raum verließen, wandte ich mich Mary zu, um ihr meine volle Aufmerksamkeit zu schenken. Unsere Knie berührten sich und sie starrte mich teils lächelnd, teils schmunzelnd an. Wir waren uns so nahe, dass ich nicht anders konnte und ihren weiblichen Duft einatmet. Genau in diesem Moment wusste ich, dass ich wirklich erledigt war.

Sie mochte vielleicht die neue Nanny sein, aber ich würde *verdammt* auf keinen Fall meine Finger von ihr lassen können.

KAPITEL 2

ICH HATTE IHN ENDLICH GEFUNDEN – den Mann, an den ich meine Jungfräulichkeit verlieren würde.

Ich hatte mir schon Sorgen gemacht, dass ich an die Uni gehen würde, ohne jemals mehr als herumknutschen getan zu haben. Ich wollte nicht die letzte in unserer Gruppe sein, die es endlich tat. Meine Jungfräulichkeit verlieren. Jane hatte bereits eine Woche nach unserem Abschluss ein Tor erzielt. Sie hatte mir alles erzählt. Nun ja, *fast* alles und ich war ganz schön eifersüchtig. Ich lag nachts im Bett, berührte mich selbst und dachte an meinen eigenen heißen Kerl. Einen Mann, der mir sagen würde, was ich zu tun hatte, der mich nahm, fickte und füllte. Jede Nacht träumte ich von *dem Einen* und jetzt hatte ich ihn gefunden.

Es war bereits ein Monat seit der Abschlussfeier

vergangen. Abgesehen von der ganzen Jungfrauen-
geschichte, wollte ich einfach nur aus meinem Haus weg,
weil ich jedes Mal, wenn ich zu Hause war, das Gefühl
hatte, mein Stress-Level würde hochschnellen. Ich hatte
alles meiner Mutter zu verdanken. An die Uni hier zu
gehen, wäre wesentlich erschwinglicher, aber sie wollte
tausende Dollar mehr pro Semester zahlen, damit ich
weit weg war, und damit sie ungestört Zeit mit ihrem
neuen Verlobten verbringen konnte.

Ja, das ganze Gerede von wegen „diese Uni hat das
beste Programm" war Schwachsinn. Es war nicht so, dass
ich ihre Laute aus dem Schlafzimmer nicht mitbekam. Es
war ihnen egal, ob ich das, was sie taten, hörte oder sah.
Und mit den beiden zu Abend zu essen war ein
Alptraum. Die mussten sich immer antatschen und ihr
Essen kaum anrühren – und das alles genau vor meiner
Nase.

Ich wollte genauso aus dem Haus raus wie sie mich
aus dem Haus raushaben wollte, aber ich ging ja nicht
zwei Zeitzonen weg, damit sie ihren Freiraum haben
könnten. Zum Abendessen bei Herrn Parker eingeladen
zu werden, um einen Typ zu treffen, der eine Nanny für
den Sommer brauchte, war wirklich gutes Timing. Ich
konnte es mir nicht entgehen lassen, wie meine Mutter
Bob in ihr Schlafzimmer führte. Würg. Aber Jane hatte
angerufen und ich hatte angenommen. Ich musste nur
daran denken, dass Herr Parker nicht mehr mein Lehrer
war und ich ihn jetzt Greg nennen sollte.

Aber ich war nicht an Greg interessiert. Ich wollte
Gabe. Ja, ich wollte von einem Mann angefasst werden.
Ich wollte *seine* Berührungen. Seine Küsse. Seinen
Schwanz. Ich wollte, dass er mich eroberte und mich

fickte. Gabe war praktisch ein Geschenk Gottes an die Frauen; mit dickem, dunklen Haar und weichen, hypnotisierend blauen Augen. Ohne seinen Körper zu erwähnen ... Ich hatte gedacht, dass Herr Parker ein fitter Mann war und Jane schwärmte andauernd von ihm, aber als ich Gabe sah, versuchte ich mein Bestes, zu verbergen, dass meine Nippel hart waren und ich fragte mich, ob er wusste, dass mein Höschen nach dem ersten Blick bereits ruiniert waren. Ich hatte es gut gehandhabt, da ich den Job bekommen hatte.

Nachdem Herr Parker und Jane in die Küche gegangen waren, gingen Gabe und ich aufs Wesentliche über – aber nicht *diese* Art. Er teilte mir mit, wann ich arbeiten würde – sechs Stunden pro Tag – und wie viel er mir zahlen würde – zwanzig Dollar pro Stunde. Es war doppelt so viel, wie ich in einem Geschäft als Verkäuferin verdienen würde. Ich hatte nie zuvor gearbeitet und zum Glück musste ich das auch nicht, aber etwas Erfahrung zu sammeln, selbst als Nanny, sah auf meinem Lebenslauf definitiv gut aus. Nicht nur das, aber ich hatte wirklich Spaß mit Kindern. Sie hatten immer so viel unschuldige Energie und ein Teil von mir vermisste das.

In der Schulzeit ging es immer darum, vorzugeben, mehr zu wissen, als wir es eigentlich taten. Keine durfte wissen, dass wir Jungfrauen waren. Wir gaben vor „too cool for school" zu sein. Wir hatten Spiele wie Flaschendrehen oder Wahl, Wahrheit oder Pflicht gespielt, als ob wir es schon unser ganzes Leben lang gespielt hatten. Ehrlich gesagt war es erfrischend, endlich damit fertig zu sein. Ich musste bloß meine Jungfräulichkeit verlieren, bevor ich an die Uni ging oder ich würde wieder an dem

Punkt sein, an dem ich vorgab, mehr zu wissen, als es der Fall war.

Ich bog links ab und fuhr die Straße entlang, bis ich seine Hausnummer – neunundsechzig – sah. Ich musste schmunzeln und begann mit meinem Kopf zu schütteln, als ich es sah. Ich wusste nicht einmal, dass eine Hausnummer mich so anmachen konnte. Die Vorstellung so etwas mit Gabe zu tun, nun ja ... ich rutschte auf meinem Sitz hin und her, bremste und stellte den Motor ab. Ich ließ mir Zeit, aus dem Auto zu steigen und auf die Veranda zu gehen.

Gabes Haus hob sich von all den anderen auf der Straße und sogar in der ganzen Nachbarschaft ab. Als Architekt bestand kein Zweifel daran, dass er seine ganze Zeit, Mühe und Vorstellungskraft dafür einsetzte, den Ort seiner Träume zu schaffen. Von den Fenstern, die vom Fußboden bis zur Decke reichten bis hin zu dem Holz und dem schwarzen Stahl, das der Struktur Details verlieh. Das Design war etwas, das ich sonst nirgends gesehen hatte. Sicherlich sah es so ähnlich aus wie in den Magazinen über Luxushäuser, aber es war nicht mit den sich wiederholenden Häusern auf der Straße zu vergleichen.

Er war so muskulös. Wahrscheinlich, weil er ein Architekt war – er war so fit, gebräunt und muskulös. Ich erinnerte mich daran, dass Gabe während des Abendessens erwähnt hatte, wie er einige Projekte hatte und ständig dorthin musste, um die Bauarbeiten zu überblicken. Mir gingen allerlei Gedanken durch den Kopf, wie er Säcke mit Steinen trug oder Bulldozer oder was weiß ich fuhr. Ich konnte mir vorstellen, dass er wegen der Hitze der Abendsonne mit nacktem Oberkörper herumlief und Schweißperlen seinen gemeißelten Körper herunterliefen. Einen Vorschlaghammer hebend, schwingend, so dass sich die Muskeln abzeichneten.

Fuck. Ich fühlte mich schon heiß und feucht. *Reiß dich zusammen, junge Dame,* erinnerte ich mich. Ich ging zu ihm, um auf Ashley aufzupassen ... nicht um ihm nachzustellen. Naja, jedenfalls nicht am ersten Tag.

Auf der Fahrt zu Gabes Haus, war ich sowohl aufgeregt als auch nervös. An dem Abend mit Jane und Herrn Parker hatte ich versucht, mit ihm zu flirten. Ich war mir einfach nur nicht sicher, ob er wusste, dass ich darauf aus war, seine Aufmerksamkeit zu erhaschen. Ich erwischte ihn dabei, wie er mich ansah oder mir immer wieder in den Ausschnitt guckte, aber er hat nie einen wirklichen Versuch gemacht, dieses Knistern zwischen uns auszubauen. Nur als er mir ein Stück von seinem Steak gab. Er hatte mir ein Stück abgeschnitten und es mir dann zu Munde geführt und ich erinnere mich wie nah wir uns gekommen waren. Ich konnte seine hellen blauen Augen und seine langen Wimpern sehen. Sie waren ungewöhnlich lang für einen Mann und machten ihn gleich noch attraktiver.

„Ich habe dein Auto gehört." Er machte die Tür auf, bevor ich überhaupt geklingelt hatte. „Komm rein. Komm rein. Du kommst genau zur rechten Zeit."

Ich nickte, lächelte und trat ein. Mit meiner Schulter streifte ich an seiner Brust entlang und ich versuchte meine Atmung gleichmäßig beizubehalten. Mein Körper fühlte sich warm an und das Hemd, das er trug, half auch nicht. Er sah wie ein *Mann* aus und war ganz anders als die Typen, die zu der katholischen Jungenschule gingen, und mit denen wir zu Tänzen und Partys gingen.

Er trug dunkle, verwaschene Jeans und ein dunkelblaues, langärmliges Hemd. Dazu hatte er braune Lederschuhe an und ich war mir sicher, dass mir sein Anblick allein einen Orgasmus bescherte. Das Hemd passte ihm so gut und wurde über seiner breiten Brust gedehnt. Es akzentuierte und definierte nur seine starken Arme und sichtbaren Bauchmuskeln.

„Du bist ... komm, ich stell dir Ashley vor", sagte er dann und drehte sich um. Als er den Flur entlang ging, wandte er mir seinen Rücken zu.

Ich konnte nicht anders und musste wie automatisch schmollen. Ich war leicht enttäuscht. Ich hatte ein wenig das Gefühl, zurückgewiesen worden zu sein oder vielleicht wusste er nicht, was ich versuchte? Ich wollte ihn dazu bringen, mit mir Sex zu haben, aber er sah in mir wahrscheinlich nur ein achtzehnjähriges Kind. Ich schimpfte in mich hinein. *Fuck*, ich musste mich mehr anstrengen.

Ich konnte keine Jungfrau mehr bleiben. Man würde sich an der Uni über mich lustig machen.

Das Kennenlernen mit Ashley verlief ... normal. Zu Beginn war sie schüchtern und versteckte ihr Gesicht in ihrer Lieblingsdecke, während sie auf der Couch saß und sie Sesamstraße schaute. Erst nachdem ich ein paar Grimassen geschnitten hatte, lächelte sie. Als ich Gabe nach ihren Eltern fragte, sagte er, dass der Vater Gabes schwangere Schwester verlassen hatte. Seit Ashley geboren war, hatte er alles getan, um seiner Schwester bei der Erziehung ihres Kindes zu helfen. Ich konnte spüren wie mein Herz jede Minute enger wurde, und zu sehen, wie sehr er seine Nichte liebte, machte mir deutlich, wie er mit anderen Kindern umgehen würde. Eines Tages wären es seine eigenen Kinder. Das war eine weitere Seite, die ich neu entdeckt hatte und während wir uns unterhielten, erfuhr ich immer mehr über ihn. Schließlich waren einige Minuten vergangen und sein Telefon klingelte. Er ignorierte den Anruf und wandte sich dann mir zu, obwohl ich spüren konnte, dass sich seine Gedanken in Richtung Arbeit wandten.

„Ich muss ins Büro", sagte er und setzte sich in Bewegung, um Ashley auf Wiedersehen zu sagen. Nach einem Küsschen und einer Umarmung stand er auf und kam zu mir. „Geht alles in Ordnung?" fragte er.

Ich nickte und verschränkte wieder meine Arme. Ich konnte es nicht übersehen, wie er auf meine Brüste schaute, aber er änderte nichts daran. Sagte nichts. Ich sah nur das Feuer in seinen Augen. Es war ja nicht so, dass er vor seiner Nichte mehr tun würde. „Meine Nummer hängt am Kühlschrank, falls du mich anrufen musst. Notfall-Infos ebenfalls."

Oh. „Alles klar. Bei uns ist alles klar, nicht wahr, Ash?" fragte ich und grinste dem kleinen Mädchen zu. Sie hatte keine Ahnung, wovon wir sprachen, aber sie schien mir zuzustimmen.

Mit einem weiteren Nicken verließ er schließlich den Raum. Kurz danach hörte ich den Motor seines Autos und dann war er weg. Ich setzte mich neben Ashley auf die Couch und wir schauten in Stille ein paar Minuten Sesamstraße. Erst als der Nachspann lief brabbelte sie etwas Unzusammenhängendes und zeigte auf die bunten Bausteine, die im Regal gestapelt waren. Ich holte sie aus dem Regal und legte die Steine auf den Boden. Sie kam zu mir und begann etwas zu bauen, das so aussah, wie ein rechteckiger, dreistöckiger Turm.

Der Tag verlief daraufhin gut. Nach einigen Stunden spielen wurde sie ein wenig ungeduldig und machte einen langen Mittagsschlaf. Während sie schlief, dachte ich darüber nach, was passieren würde, wenn Gabe nach Hause kam. Die Stunden vergingen unglaublich langsam.

Die Tage mit Ashley pendelten sich routinemäßig ein und ich verbrachte die Stunden abwechselnd mit Spielen und Lernen. Ich hatte das Gefühl, dass sie mehr wusste als ich in ihrem Alter. Sie konnte Formen, Farben und Zahlen zuordnen und sie wusste, wie man bestimmte Körperteile aus einem Kinderbuch nannte. Wenn es ums Spielen ging, bauten wir Türme mit den Bausteinklötzen, spielten mit den riesigen Legos oder im aufblasbaren Planschbecken im Garten.

Ich hatte nicht viel von Gabe mitbekommen, bis auf ein schnelles Hallo an der Tür, bevor er zur Arbeit ging und ein „Danke" an der Tür, wenn er nach Hause kam. Drei Tage voller einfacher Freundlichkeiten. Drei Tage voller heißer Blicke von Gabe. Nichts weiter. Wenn er nicht bald etwas tat, würde ich in Flammen aufgehen.

Ich wusste, dass er mich wollte und wusste, dass da was zwischen uns war. Wenn er die Dinge nicht antreiben würde, dann würde ich es tun. War ich zu direkt? Ja. Zeiten der Verzweiflung verlangten verzweifelte Taten. Ich würde *nicht* als Jungfrau zur Uni gehen. Als ich mich heute Früh also anzog, entschied ich mich für einen Karo-Rock – nicht von meiner alten Schuluniform – und ein Tank Top. Ich debattierte darüber, ob ich das Haus mit oder ohne BH verlassen sollte und entschied mich für Letzteres.

Gabe schaute immer auf meine Brüste. Er war nicht

wirklich schmierig, aber es war schwer, es nicht mitzubekommen. Und er würde es definitiv mitbekommen, wie meine erhärteten Nippel durch den dünnen Stoff meines Oberteils stachen. Für einen Moment, dachte ich, dass es zu viel war. Ich war zum babysitten da ... aber ich wollte ihn auch verführen. Ich würde ihn nicht den ganzen Sommer damit verbringen, darauf zu warten, dass er etwas unternähme. Nein, wenn ich seinen Schwanz tief in meiner bedürftigen Pussy spüren wollte, musste ich ihm das klarmachen.

„Von nichts kommt nichts", flüsterte ich mir zu. Ich hatte null Erfahrung, wenn es um Sex ging. Mein einziges sexuelles Abenteuer war es, auf Partys andere Mädchen geküsst zu haben. Es hatte Spaß gemacht, war sicher und auch ein wenig antörnend und die Jungen – nun, die Jungen, die dabei zusahen – fanden es immer toll. Einige von ihnen waren auf mich zugekommen, aber keiner von ihnen hatte mich je feucht werden lassen. Wollte nie, dass sie mich anfassen und hatte mir nie vorstellen können, dass mich einer von ihnen entjungfern würde. Nein, ich wollte das für jemanden besonderes aufheben.

Für Gabe.

Aber das waren alles einfach nur Jungen gewesen. Sie verhielten sich alle unreif und hatten nur eine große Klappe. Ich hatte das Gefühl, dass sie sich zurückhielten, weil sie eigentlich gar keine Ahnung hatten, was zu tun war. Bei Gabe hatte ich hingegen das Gefühl, dass er sich zurückhielt, weil ich zu jung war. Ich war nicht zu jung. Gut, ich fand nicht, dass er zu alt war.

Ich biss mir auf die Unterlippe. Ich kannte meinen Ruf an der Privatschule. Alle dachten, dass ich so viel Erfahrung hatte, weil ich immer Tipps auf Lager hatte, die ich irgendwo im Internet gelesen hatte. Ich wusste, was ich tun musste, wenn es um Sex ging, egal ob oral, vaginal oder anal. Ich hatte genug Pornos gesehen, aber ich hoffte eigentlich nur, dass meine Erwartungen der Realität nahekamen.

Von nichts kommt nichts, wiederholte meine innere Stimme in meinem Kopf und ich gab mir selbst einen Schub Selbstvertrauen. Den brauchte ich besonders für später, wenn ich Gabe dazu gebracht hatte, mehr in mir zu sehen als bloß die Nanny für den Sommer und mich endlich entjungfern würde.

Kein BH also.

Ich warf die Spitze entschlossen zurück auf mein Bett. Ich schaute mich ein letztes Mal im Spiegel an und war mehr als zufrieden damit, wie ich aussah. Mein Rock war kurz und verspielt. Der hautfarbene Spitzentanga, den ich darunter trug, ließ es so aussehen, als würde ich gar keine Unterwäsche tragen, sollte er jemals meinen Rock hoch schnippen. Meine Nippel waren hart und standen hoch und meine Brüste waren groß und prall genug um eng gegen mein Tank Top zu drücken.

Perfekt.

Ich war gekleidet, um zu töten, oder eher, war ich gekleidet, um Sex zu haben.

Wenn mir Gabe heute Früh die Tür aufmachen würde, könnte ich es mir nicht entgehen lassen, wie seine Augen sofort zu meinen Brüsten wanderten und er wieder so leicht einatmete. Es durfte mir nicht entgehen. Er sah mich neugierig an, fast schon fragend, wahrscheinlich wollte er wissen, warum ich keinen BH trug. Ich war bis jetzt nicht sonderlich deutlich gewesen. Ich verschränkte meine Arme und hielt sie unter meinen

Brüsten, um meinen Ausschnitt noch zu vertiefen. Ja, das war mutig.

Er hustete laut und räusperte sich. „Ich bin spät", murmelte er und nahm seine Tasche. „Ashley ist in der Bücherecke." Er schaute mich ein letztes Mal an und sein Blick wanderte meinen Körper entlang, bevor er raus stürmte und die Tür hinter sich schloss.

* * *

ALS ICH AM Abend die Haustür hörte, war es ein paar Minuten nach sieben und Ashley schlief schon tief und fest in ihrem Kinderbett. Ich war in der Küche und spülte das Geschirr.

„Oh", sagte Gabe und trat durch die Garage ein. Offensichtlich war er sprachlos.

Es war nicht mein Fehler. Er hatte mich überrascht. Ich war nach vorne gebeugt und leerte die Geschirrspül-maschine. Ich stand sofort auf und bemerkte, dass mein Rock hochgerutscht war und er meinen nackten Hintern und die dünne Linie meines Tangas sah. Ich hätte fast einen Teller auf den Boden fallen lassen und entschul-digte mich bei ihm. Das war es dann mit der Verführung. Welchen Mann törnt es an, wenn eine Frau die Geschirr-spülmaschine befüllt?

Die nächsten Worte aus seinem Mund schockierten mich ... aber auf eine positive Art und Weise. „Es gibt nichts, wofür du dich entschuldigen musst."

 *abe*

Sie tat das absichtlich. Ich wusste es *verdammt* genau. Es war das erste Mal, dass sie keinen verdammten BH trug, aber sie hatte mich seit dem ersten Abend immer wieder mit ihren kecken Titten und ihren glatten Schenkeln geneckt.

Ich würde nicht so tun, als wäre ich ein Heiliger. Ich liebte es *verdammt sehr*, wie Mary jedes Mal ihren prallen Arsch und ihre schlanken Beine zur Schau stellte. Und die Art und Weise, wie ihre Nippel gegen den dünnen Stoff ihres Shirts drückten? Ja, ich war ein Arsch, weil ich sie anstarrte, aber ich war auch nur ein Mann. Ein geiler Mann mit verdammt blauen Hoden.

Die Schule war schon vorbei und gehörte für sie der Vergangenheit an, aber trotzdem kam sie im Minirock, der mich an ihre alte Schuluniform erinnerte, um auf Ashley aufzupassen. Mein Verstand sagte mir, dass ich mich fernhalten sollte und bis jetzt war mir das auch gelungen, aber mein Schwanz wurde jedes Mal, wenn ich sie ansah, hart. Hart? Nein, es war, als hätte ich eine Stahllatte in meiner Hose.

Es war schon das dritte Mal diese Woche, dass ich nach Hause kam und sie ihre Hüften um mich schwang. Am ersten Abend war sie im Wohnzimmer dabei staubzusaugen und sie bewegte ihre Hüfte zu der Musik, die sie durch ihre Kopfhörer hörte. Ich hatte geglaubt, dass ich mich genau dann, zu dem Zeitpunkt, entladen würde.

Heute Abend? Sie hatte den verdammten, verspielten Rock angezogen, mit dem sie mich nur noch mehr anmachte. Und sie trug ein verdammtes, weißes Tank Top, an dem ihre harten Nippel durchschienen. Ich konnte sogar sehen, dass sie dunkel-pink waren. *Fuck.*

Ich setzte alles daran und es gelang mir sogar, nicht laut aufzustöhnen. Ich wäre genau dann und dort über sie hergefallen, aber ich konnte mir nicht vorstellen, dass es ihr gefallen würde. Verdammt, ich musste heute Morgen so schnell es ging aus dem Haus raus oder ich hätte ich mich an ihr zu schaffen gemacht. Sie würde keinen älteren Mann wie mich wollen. Ich dachte tagelang darüber nach. Aber jetzt? Jetzt würde sie vielleicht ...

Sie *würde* ... wenn die Art und Weise, wie sie meine Erektion anstarrte und sich über die Unterlippe leckte, ein Zeichen wäre. Wenn ihre Nippel wie Bleistiftradierer hervorstachen. Wenn ihr Rock nicht quasi ihren hübschen Arsch zeigen würde.

„Ashley schläft?" bestätigte ich. Wenn ich Mary beanspruchen würde, dann wollte ich, dass Ashley tief und fest schliefe. Keine Unterbrechungen bei dem, was ich mit Mary anstellen wollte.

„Ganz bestimmt", sagte sie. „Ich war mit ihr im Schwimmbad und sie hat stundenlang im Babybecken gespielt. Ich kann mir gut vorstellen, dass sie eine olympische Schwimmerin wird. Sie ist ein Naturtalent."

Wir schauten uns im selben Moment an und musste laut loslachen. Ich sah sie an und musste mit dem Kopf schütteln. So wie sie sprach und sich bewegte, war sie die perfekte Mischung von jugendlich und sexy. Sie hatte nicht nur ein hübsches Gesicht und einen Körper, den ich ficken wollte. Sie hatte eine Persönlichkeit, die den ganzen Raum erhellte und es machte mich unglaublich an, dass mich der Gedanke an ihre Stimme nur noch härter werden ließ, wenn das überhaupt noch möglich war.

„Genug über Ashley", sagte ich und trat näher.

Ich hob meine Hand um eine Strähne ihrer Haare hinter ihr Ohr zu stecken, bevor ich dann mit meinen Fingern über ihre Wange strich. Ihre Haut war weich und fühlte sich an meiner unglaublich glatt an, wie die einer Frau und ich *liebte* Frauen. Es gefiel mir, dass sie sich so klein und winzig an meiner Seite anfühlten. Aber keine von ihnen war mit Mary zu vergleichen. Die Frauen, mit denen ich bisher immer zusammen gewesen war, hatten es immer wieder erwähnt, wie sicher und geborgen sie sich mit mir fühlten. So als würde ich sie vor allem Unheil beschützen. Es stimmte. Ich würde einer Frau niemals wehtun und würde nie dabei zusehen, wie eine verletzt wird. Ich war ein Gentleman.

So wie sie an mir hoch starrte, wusste ich, dass Mary sich genauso fühlte. Ihr gefiel es, dass sie neben mir stand und sich klein fühlte. Sie wollte sich so fühlen. Sie wollte, dass ich sie beschütze. Ich hatte noch nie drüber nachgedacht, aber während ich es nun doch tat, stellte ich fest, dass es mir nichts ausmachte. Sie hatte etwas an sich, aufgrund dessen ich mehr über sie erfahren wollte. Ich wollte wissen, was ihr gefiel und was sie nicht mochte, was sie antörnte und was sie abtörnte. Ich wollte wissen, wie sie im Bett war und während sich meine Gedanken verselbstständigten, war ich ganz und gar kein Gentleman mehr. Ich wollte alles wissen.

Ich wollte wissen, ob sie überall errötete. Ich wollte wissen, ob sie so feucht war, wie ich es vermutete. Ich wollte wissen, welche Geräusche sie machte, wenn ich meine Finger zum ersten Mal in sie steckte, mit meinem Mund an ihrer Pussy spielte oder sie mit meinem riesigen Schwanz ausfüllte. Ich wollte wissen, wie sie aussah, wenn sie kam.

Ja, das war mein Schwanz, der da sprach. Er traf alle lebenswichtigen Entscheidungen für mich und hat mich darin noch nie enttäuscht. Ich konnte mir nicht vorstellen, dass er mich diesmal bei Mary enttäuschen würde. Als ich sie ansah und ihre Brüste eng gegen meine Brust drückten und ihre Nippel mich stachen, konnte ich mir auch nicht vorstellen, wie sie jemals eine falsche Entscheidung sein könnte. Sie war rundum perfekt – Gesicht, Körper und Köpfchen. Das machte sie zu einer seltenen Spezies unter allen Frauen und ich kannte mich auf diesem Gebiet sehr gut aus.

Sie biss sich auf die Lippe und schaute mich durch ihre ausgefransten Wimpern an.

Ich war der, der einen Schritt zurück nahm, aber

meine Augen blieben dabei auf sie gerichtet. Hielten sie im Blick.

„Komm", sagte ich dann, führte sie aus der Küche und zur Couch im Wohnzimmer und sie folgte mir. „Du warst ein unanständiges Mädchen, nicht wahr, Mary?"

Ich sah, wie sich ihre Augen weiteten und sie dann erstarrte. Schnell begann ich, mich zu erklären und vergewisserte mich, dass sie keinen falschen Eindruck bekam. „So wie du versuchst, mich zu verführen, nicht?" Das waren meine ersten Worte. „Bist ein unanständiges Mädchen, da du mir deinen Arsch und deinen Tanga zeigst. Diese harten Nippel. Ein unanständiges Mädchen, nicht wahr?"

Ich war schockiert, als sie ihre Lippen nach oben spitzte, wissend lächelte und dann mit dem Kopf nickte.

„Warum?"

Sie war jung und atemberaubend und konnte jeden Typ haben, den sie wollte. War versuchte sie, einen drei-ßig-jährigen Mann zu verführen?

Sie leckte sich mit ihrer pinkfarbenen Zunge über die Unterlippe. „Weil ich will, dass du mich entjungferst."

Sie entjungfern? Fuck. Mein Schwanz wurde steinhart, als wenn er das nicht schon gewesen wäre.

„Ich hätte niemals geglaubt ..." Nun war ich an der Reihe, zu grinsen. „Obwohl Greg doch erwähnt hatte, dass eine Reihe seiner Schülerinnen wohl einen Pakt geschlossen hatte, um ihre Jungfräulichkeit zu verlieren, bevor Sie an die Uni gingen. So wie seine Jane. Du bist also eine von ihnen, was?"

„Machen wir hier also einfach nur mit dem Gerede weiter?" fragte sie und hob einen Finger an ihre Lippe.

Verdammt. Sie überraschte mich immer wieder. Bis

heute Früh hatte ich mir vorstellen können, dass sie noch Jungfrau war. Aber heute? Ihr Outfit, ihre harten Nippel und ihre heißen Blicke deuteten auf Erfahrung hin. Ich hätte einer Achtzehnjährigen solch ein Selbstvertrauen niemals zugetraut und noch viel weniger einer Jungfrau. Aber ich mochte den Gegensatz. Füchsin und Jungfrau in einer Person. Irgendwie drückte sie immer den richtigen Knopf. Es würde mich nicht wundern, wenn ich nur vom Reden in meiner Hose kommen würde. Ich war so aufgedreht davon, den ganzen Tag an ihre hübschen Titten zu denken.

„Du bist ein ungeduldiges Mädchen, nicht?" sagte ich mit einem neckenden Grinsen. „Unanständig und ungeduldig ..." sagte ich mehr zu mir selbst als zu ihr. Sie hatte mich mit ihrem Selbstbewusstsein und ihrer Direktheit einfach nur überrascht. Es machte mich *verdammt* an. Und ich würde es lieben, sie zu ficken.

„Nun, ich habe achtzehn Jahre lang gewartet. Ich denke, ich habe lange genug gewartet."

„Glaubst du, dass deine jungfräuliche Pussy meinen Schwanz aushalten kann?" Ja, sie könnte es aushalten. Es würde eng sein. Ihre Pussy würde so verdammt eng sein, aber ich würde reinpassen. Sie war dafür geschaffen, mich zu ficken.

Die Regeln hatten sich geändert. Im Moment war ich nicht ihr Boss und sie war nicht mehr meine Nanny. Nein, sie war die Frau, die ich ficken würde. Sie wollte es und versteckte es kein bisschen, besonders da ihre Nippel genau auf mich zeigten. Ich hatte auch nichts zu verbergen und glitt mit meiner Hand in meine Jeans und begann, meinen Schwanz vor ihr zu reiben. Mein Schwanz freute sich darauf, berührt zu werden, aber würde sich erst dann zufriedengeben, wenn er tief in diesem heißen und feuchten Kanal vergraben war.

Sie machte große Augen, als sie mir dabei zusah und ich bemerkte, wie sie begann, sich auf der Stelle zu winden und wie ihre Atmung schneller wurde. Es war gut, zu wissen, dass ich nicht der einzige war, der geil war. Ich wusste, wo das hinführte. Sie war die Jungfrau. Sie mochte das Ganze hier vielleicht begonnen haben, aber es bestand kein Zweifel, dass sie wollte, dass ich es beenden würde.

Ich zog meine Hand aus meiner Jeans, trat einen Schritt auf sie zu und griff unter den Saum ihres Rocks, um ihren nackten Arsch zu streicheln. Sie hob ihn leicht an und ich machte damit weiter, meine Hand auf ihrer weichen Haut hoch und runter zu streichen. Er war heiß und weich und straff und prall. Perfekt.

„Du willst also, dass ich dich ficke?" fragte ich sie und warf jeglichen Anschein aus dem Fenster. Sie verführte mich schon die ganze Zeit. Ich war kein Märtyrer. Es war nur eine Frage der Zeit, bis ich nicht mehr standhalten konnte und ihr erlag, und dieser Moment war genau in diesem Augenblick. Sie nickte und behielt mich dabei im Blick. *Ja, fick mich.* Sie sagte es mir quasi mit der Intensität, die in ihren smaragdgrünen Augen brannte. „Wie kommt es, dass noch nie jemand deine jungfräuliche Pussy gefickt hat?"

Sie sah mich schulterzuckend an.

„Hat dich jemals ein Junge angefasst?" fragte ich neugierig. Sie begann mit dem Kopf zu schütteln, also legte ich meinen starken Arm um ihre Taille und zog sie zu mir, um auf meinem Schoß auf der Couch zu sitzen. Ich hatte sie so auf mir platziert, dass sie nicht auf mich, sondern in den Raum hineinschaute. Sie warf mir einen Blick über ihre Schulter zu und schaute dann wieder weg.

Ich konnte mir nicht helfen und meine Hände wanderten über ihre Haut, über ihre spitzen Nippel und runter auf ihre Schenkel. Nur eine kleine Bewegung und ich hätte meine Finger genau an ihrem Eingang. Meine Hände waren bereit, sie zu nehmen. Ich hatte plötzlich die brillante Idee, mich selbst auf die Probe zu stellen: Wie lange würde es dauern, bis ich selbst die Kontrolle verlieren würde? Meinem Schwanz gefiel die Idee zwar nicht, aber der hatte nicht das Sagen. Es war ihr erstes Mal und ich wollte sie so weit bringen, dass sie kam, bevor ich überhaupt in ihr war.

Ich zog sie nach hinten, so dass sie gegen meine Brust gelehnt war und praktisch auf mir lag. Dann zog ich ihren Rock hoch, der einen kläglichen Versuch eines hauchdünnen Tangas freilegte, hinter dem ein dünner Streifen gestutzter Haare zum Vorschein kamen, die einen schmalen Streifen über ihrer Pussy bedeckten. „Fuck, Baby. Du bist so feucht."

Ihr Tanga war voll von ihrem Saft und ich spürte, wie mein Schwanz gegen meine Hose zuckte. Gegen ihren Arsch. Das war es dann mit der Geduldsprobe. Sie saß mit breit gespreizten Beinen auf meinem Schoß und stützte sich mit ihren Füßen auf der Kante der Couch ab. Oh ja, mein Mädchen war bereit.

„Das gefällt dir, was?" fragte ich. Mary begann zu stöhnen, als ich meine Finger an ihren prallen Schamlippen hoch und runter gleiten ließ. Sie waren komplett nass und ich war wie im Rausch. Sie war genauso ungeduldig wie ich. Genauso bedürftig und dabei war noch kein Zentimeter von mir in ihr ... noch nicht. „Oh, zum Teufel ... stöhne noch lauter und ich komme direkt in meine Hose."

„Gabe", hauchte sie mit heiserer Stimme. „Hmmm..."

Sie ließ ihren Kopf nach hinten auf meine Schulter fallen und wölbte ihren Rücken, so dass ihre prallen Brüste zur Decke zeigten. Sie schloss ihre Augen, als sie ihre Hüften bewegte. Ihre geraden, weißen Zähnen bissen auf ihre Unterlippe. Ihre Lust machte sie atemberaubend. Leidenschaftlich. Leicht erregbar. Perfekt.

Ihr karierter Rock ballte sich um ihre Taille herum und ich zupfte ungeduldig an ihrem dünnen Faden ihres Spitzenhöschens und riss es ihr vom Leib. Der kleine Stofffetzen roch nach ihr und war durch ihre Erregung ruiniert. Ich warf ihn auf den Boden. Sie begann, ihre Hüften in Richtung der Decke zu stoßen, als meine Finger begannen, unsichtbare Kreise auf ihrer Klit zu zeichnen. Sie stach hervor, war geschwollen und gierig auf mich.

„Finger mich, bitte", flehte sie und ich spürte, wie eine Gefühl von Stolz durch meine Venen raste. Sie war so unanständig, so direkt.

Dieses Mal würde ich ihr geben, was sie wollte, aber sie würde bald herausfinden, wer die Kontrolle hatte. Ich steckte zwei Fingern in sie und ließ sie vorsichtig ein und ausgleiten, ohne dabei die dünne Membran, das Zeichen ihrer Jungfräulichkeit zu verletzen. Mein Schwanz war so hart, dass er den Stoff meiner Hose zerreißen konnte. Ihre Atmung wurde abgehackter, während ich ihre inneren Wände erforschte. Es war ihr erstes Mal. Es sollte ein unvergessliches Erlebnis werden und ich würde dafür sorgen.

Vorsichtig und um sie nicht zu tief mit meinem Finger zu ficken, krümmte ich meine Finger, um auch andere Ecken in ihr erreichen zu können, wie die geschwollene Kante, die sie so zum Schnurren brachte. Sie riss die Augen auf und als ich damit anfing, die Finger wieder ein- und auszustecken, verwandelte sich ihr Gestöhne in Geschrei und sie begann zu zittern. Heilige Scheiße, sie reagierte so unglaublich schnell. Während sie außerdem ihre Hüften vorstieß, rieb sie unwissend außerdem an meinem Schwanz. Es würde mich nicht wundern, wenn wir gemeinsam kommen würden und ich hatte noch meine Hose an. Ich wusste, dass der Lusttropfen sie vorne schon befleckt hatte. Ich war zu scharf auf sie.

„Ich komme, Gabe ... Ich komme", stöhnte sie und genau in dem Moment zog ich meine Finger aus ihr heraus.

Sie wimmerte und wölbte dann ihren Rücken. Unerfüllt. Das ist richtig. Ich würde sie zum Kommen bringen, aber ich wollte, dass sie wusste, dass es passieren würde, wenn mein Schwanz tief in ihr vergraben war.

Ja, ich war noch nicht mit ihr fertig. Ich hatte gerade erst angefangen.

KAPITEL 4

ary

„NOCH NICHT, kleines Mädchen. Du darfst noch nicht kommen. Du hast mich in den letzten Tagen so geärgert ..." begann Gabe, als er mich von seinem Schoß hob und aufstand. Dann drehte er mich, so dass wir uns in die Augen sahen. „So ein unanständiges Mädchen."

Ich stand über ihm, aber hielt meinen Blick nach unten gerichtet und kam mir so klein vor ihm vor. Seine Beine waren gespreizt und ich konnte sehen, wie er seine Erektion kaum in seiner Hose lassen konnte. Er rieb mit seiner Hand über die Leiste und über seine Männlichkeit, aber seine azurblauen Augen wandten sich niemals von mir ab.

Mit jeder weiteren Sekunde konnte ich den Schmerz der Begierde in meiner Pussy spüren. Nachdem er meine Klit gerieben und mich ungeduldig gefingert hatte, wollte

35

JESSA JAMES

ich nur noch seinen dicken Schwanz in mir haben und spüren, wie er immer wieder in mich einstieß, bis ich seinen Namen schrie. Ich wäre fast gekommen und dabei war das bloß seine Hand gewesen. Ich hatte noch nie solche Gefühle gehabt, wenn ich mich selbst befriedigte. Ich hätte ihm nicht sagen sollen, dass ich kurz davor war. *Verdammt nochmal.* Dann hätte er seine Finger nicht rausgezogen und aufgehört, mit meiner Klit zu spielen, aber jetzt musste ich warten und ich war ein ungeduldiges Mädchen.

„Stell dich in die Ecke und zeig mir deinen Arsch", sagte er und griff um mich, um meine Pobacken zu reiben. Mein Rock war wieder heruntergerutscht, aber es schien schon fast verboten, dass er mich von unten so umfasste.

„A-aber ..." fing ich an. In meiner Stimme war Enttäuschung zu hören. „I-ich da-dachte ..." *Ich hatte gedacht, dass wir Sex haben würden! War das nicht der nächste, offensichtliche Schritt nach dem Fingern?*

Er schlug mir mit seiner großen Handfläche auf den Arsch. Er hat mich *verdammt* noch mal geschlagen. Und es fühlte sich so gottverdammt gut an. Das scharfe Brennen und wie es sich in Hitze verwandelte.

„Ich bringe dir bei, was es heißt, Geduld zu haben, meine kleine Füchsin", sagte er, während er mit seiner Hand immer noch über meinen Hintern strich. Mit jeder Berührung und jedem Zug wurde mir heißer und ich wurde noch feuchter. Das Gefühl in meiner Pussy bauschte sich weiter auf und es wurde zu viel ... aber auf eine sehr *positive* Art und Weise. Ich wand mich vor ihm. Ich mochte – *liebte* – was passiert war. Es war so anders als Selbstbefriedigung und mit mir selbst zu spielen. Ja, mir wurde jedes Mal heiß und ich wurde jedes Mal feucht, aber die Aufregung und der Nervenkitzel, kontrolliert zu werden, fehlten. Und Gabe kontrollierte mich wirklich. Das Problem?

Ich wollte, dass er mich endlich fickte, aber er tat es nicht. Ich wollte, dass mich leckte – er würde so gut mit seiner Zunge und seinem Mund an meiner Pussy sein. Ich wollte ihm die Kleider vom Leib reißen und seinen nackten Körper sehen. Ich wollte seinen Schwanz sehen und wie groß er war. Der Beule in seiner Hose nach zu urteilen, war er riesig und es würde mich in zwei Teile reißen. Ich wollte Sex. Ich wollte keine Jungfrau mehr sein. Ich wollte es zu Ende bringen und kommen. Ich wollte all das, aber ich musste verdammt nochmal warten. Er wollte nicht, dass es hierbei nur darum ging, mich zu entjungfern. Nein, er machte es zu so viel mehr oder wir wären jetzt schon fertig gewesen.

Und aus irgendeinem merkwürdigen Grund gefiel es mir, nicht das zu bekommen, was ich wollte. Ich mochte es, das zu tun, was Gabe von mir verlangte. Auf seine Autorität zu hören.

Es war ja nicht so, dass sich meine Eltern kümmerten. Und mein Vater? Der war weg, seit ich zwei war. Neben dem Wunsch, zur lokalen Uni zu gehen anstatt quer durchs Land zu ziehen, um zu der Uni zu gehen, die meine Mutter ausgewählt hatte, hatte ich immer bekommen, was ich wollte. Meine Mutter auch.

Ich würde die Dinge nicht schönreden. Meine Mutter war eine Hure. Sie war umwerfend, selbst für ihr Alter und sie nutzte es zu ihrem Vorteil. Sie hatte Männer – reiche Männer – die ihr wie verlorene Welpen hinterherliefen. Sie wussten immer, dass sie hinter ihrem Geld her war und trotzdem ließen sie sich auf sie ein. Sie musste im Gegenzug wirklich gut im Bett gewesen sein. Oder irgendwas. Sie nahm ihnen alles, was sie hatten und ich zog immer einen Vorteil aus der harten Arbeit meiner Mutter. Sie schickte mich zu den besten Schulen und ich hatte alles, was ich brauchte und wollte. Urlaub in fernen Ländern waren die Regel und die neusten und trendigsten Dinge und Klamotten zu haben, war ein Muss. Zum ersten Mal, in diesem Augenblick, bekam ich nicht das, was ich wollte – gefickt zu werden – und ich war begeistert zum ersten Mal ein „Nein" zu hören. Und von einem Typ wie Gabe? Es machte die Sache verdammt heiß.

Nach einer langen Pause der Stille zwickte mich Gabe am Arsch und hob eine Augenbraue an. Ich trat zurück und tat, was er wollte. Ich ging zu einem Ende des Wohnzimmers und blieb in der Ecke stehen.

„Heb den Rock hoch. Höher, höher und zeig mir diesen Arsch. Braves Mädchen. Halt ihn hoch und lass den Rock nicht fallen." Ich hielt meinen Atem an, als ich in seine Richtung sah. Ich spürte, wie meine Wangen brannten und ich zwischen den Beinen immer feuchter wurde und mein Saft an meinen Schenkel herunterlief. Ich wollte es wegwischen, da ich wusste, dass er es sehen konnte, aber ich wagte es nicht, meine Arme herunterzunehmen.

Ich hatte ihn herausgefordert und mich selbst in diese Position gebracht, aber ich war eine Jungfrau. Ich habe noch nie so etwas getan. Ich mochte vielleicht eine große Klappe gehabt haben, aber die Wahrheit war, dass ich nicht wusste, was zu tun war.

Sollte ich strippen oder mich auf seinem Schoß räkeln?

Wollte er, dass ich mehr zeigte, als nur meinen Arsch?

Sollte ich wieder auf ihn zu krabbeln, obwohl er mir ja gerade erst gesagt hatte, dass ich in der Ecke stehen sollte?

Mit jeder Sekunde wurde ich nervöser. Er konnte wahrscheinlich spüren, was in mir vorging, weil er sagte: „Dein Arsch gefällt mir, Baby ... dieser große, runde Arsch von dir ..."

Ich konnte sein Gesicht nicht sehen, sondern nur die glatte, weiße Wand. Ich stand mit meinem Rücken zu ihm, aber der Ton seiner Stimme war verräterisch. Seine Stimme war ruhig und gefasst, aber trotzdem konnte ich einen Hauch Aufregung hören. Er wusste, was später passieren würde, aber irgendwie konnte er darauf warten, konnte mich bestrafen, anstatt uns beiden Lust zu bescheren.

„Leg deine Hände an die Wand und beuge die Hüfte. Strecke diesen Arsch raus, damit ich ihn voll und ganz sehen kann. Alles von dir."

Ich tat, was er wollte. Ich legte meine Hände an die kalte Wand und beugte mich vor. Mit einer Hand hob ich meinen Rock an, der bei meinen Bewegungen wieder heruntergerutscht war, damit er wieder einen Blick auf meinen nackten Arsch werfen konnte. Aber nicht nur auf meinen Arsch, da ich wusste, dass meine Pussy genauso zu sehen war. Wenn er irgendwelche Zweifel über mein Verlangen nach ihm gehabt hätte, sollten sie jetzt aus dem Weg geräumt worden sein. Ich hielt meinen Blick nach unten gerichtet und konnte durch meine Beine hindurchsehen, dass er auf der Couch saß und mich ansah, während er sich über seinen Schwanz streichelte. Er hatte ihn aus seiner Hose geholt, als ich ihm meinen Rücken zugewandt hatte und es entging mir nicht, wie gut er ausgestattet war. Sein Schwanz war dunkel, pflaumenfarbig, und entlang des Schafts erstreckte sich eine pulsierende Vene. Er umfasste ihn fest mit einer Faust und glitt an ihm auf und ab. Der breitere Kopf war knollenförmig und ich sah, wie eine klare Flüssigkeit aus dem kleinen Schlitz an der Spitze austrat. Er benutzte seinen Daumen um den Lusttropfen wegzuwischen und sich selbst damit zu benetzen. Es war das erste Mal, dass ich einen Schwanz zu Gesicht bekam und die Muskeln in meiner Pussy zogen sich automatisch zusammen. Ich fühlte mich noch heißer und nasser, wenn das überhaupt noch möglich war, und ich verlor fast meine Balance, weil sie die Hitze stark in mir aufbauschte. Ich wollte das Monster in mir spüren. Fühlen, wie es mich ausdehnte. Mich tief ausfüllte.

„Zeig mir, wie du dich selbst berührst, Mary ..." sagte er zu mir, während er mit seiner Hand immer noch an seinem Schaft auf und ab strich. „Was machst du, wenn du ganz alleine bist?"

Ich atmet tief und lang ein und platzierte zwei Finger an meiner Klit. Ich war immer noch nach vorne gebeugt und begann, mit meinen beiden Fingern in kleinen Kreisen zu reiben, während ich mich mit meiner freien Hand an der Wand abstützte.

„Nee, nee", tadelte er. „Stecke deine Finger nicht in deine Pussy. Die ist ab jetzt nur noch für mich. Meine Finger gehören da hin. Nur meine Finger werden dir da diesen Spaß bereiten. Oder mein Schwanz. Sonst nichts. Sag es."

„Deine Finger. Dein Schwanz", hauchte ich und stand kurz vor dem Orgasmus.

„So ist's richtig. Das ist jetzt meine Pussy, nicht wahr?"

„Deine Pussy", wiederholte ich. Ich musste mich weiter an der Wand abstützen oder ich würde nicht länger aufrecht stehenbleiben.

„Hmmm... Du spielst also gerne an dir herum, was?" sagte er mit einem neckenden Ton. „Hat man dir das an der katholischen Schule beigebracht?" Als ich den Kopf schüttelte, fuhr Gabe fort: „Ich glaube, du hast eine Strafe verdient ... Ich werde schon ein braves Mädchen aus dir machen."

Ich rieb immer noch an meiner Klit und hauchte ihm zu: „Ich dachte immer, dass ihr Typen, ungezogene Mädchen wollt? Sind brave Mädchen nicht langweilig?"

Von meiner Position aus konnte ich sofort ein Grinsen in seinem Gesicht erkennen. Langsam schüttelte er seinen Kopf. Er brauchte aber eine Weile, um zu antworten. „Aber brave Mädchen bekommen, was sie wollen ... und wolltest du nicht deine Jungfräulichkeit verlieren?"

„Ja", sagte ich schnell, fast schon ein wenig zu schnell.

"Wirst du dann heute Abend ein braves Mädchen sein? Wirst du aufhören mich zu ärgern und dich benehmen?"

Ich nickte, aber nicht bevor ich sagte: „Ich weiß nicht. Dürfen brave Mädchen auf Daddys Schoß sitzen?"

Ich war immer noch nach vorne gebeugt und konnte sehen wie er große Augen machte. Ich hörte auf, mit mir zu spielen. Ich wollte, dass er mich zum Höhepunkt brachte und sah ihn willig an. Meine Frage und die Tatsache, dass ich nicht zögerte und ihn „Daddy" genannt hatte, schockierte ihn wahrscheinlich. Manchmal überraschte ich mich selbst.

Ich wollte, dass er sich um mich kümmert, mich zurechtwies und mich in die Ecke schickte, wenn ich es verdient hatte. Ich brauchte seine Führung, besonders wenn es ums Ficken ging.

„Komm her, kleines Mädchen", forderte er mich schließlich auf. Er hatte aufgehört, sich selbst zu streicheln, aber seine Beine waren immer noch ausgebreitet und sein Schwanz stand schamlos hart und lang nach oben. Ich konnte es nicht abwarten, etwas davon abzubekommen und ihn in mir zu spüren. Jane hatte mir davon erzählt, wie es beim ersten Mal wehgetan hatte und dass sie ein bisschen geblutet hatte, aber Greg hatte sich gut um mich gekümmert. Würde das auch mit mir passieren? Ich konnte da nicht weiter drüber nachdenken, nicht jetzt. Ich hatte alles auf die Verführungskarte gesetzt, obwohl meine Nerven fast durchgebrannt wären.

Schließlich stellte ich mich hin und wartete einen Moment – ich hatte mich viel zu lange nach vorne gebeugt –, bevor ich dann zu Gabe hinüberging. Ich nahm mir meine Zeit, da ich ein wenig nervös darüber war, was als nächstes passieren würde. Er hatte Recht. Ich hatte ihn an den letzten Tagen gestichelt. Nur so würde ich das bekommen, was ich wollte. Er war einfach *zu gut*. Ich musste verführerisch sein, wenn ich wollte, dass er mich entjungferte. Ich konnte nicht so tun, unschuldig und engelhaft zu sein und darauf warten, dass der Sex zu mir kam. Ich glaubte nicht daran, dass sich Gelegenheiten einfach so ergaben. Man musste sich die Gelegenheiten schaffen – genau wie es meine Mutter auch immer tat. Sie wollte einen reichen Mann, um ein Leben auf der Überholspur führen zu können? Sie erarbeitete sich diese Gelegenheit, indem sie immer bildhübsch blieb, egal wie alt sie war.

Ich wollte meine Jungfräulichkeit an gab verlieren? Ich schaffte mir die Gelegenheit, indem ich ihn verführte und er in mir eine Frau und kein Mädchen sah. Obwohl er mich *kleines Mädchen* nannte, gab er mir nicht das Gefühl, dass ich eins war.

„Ist es so bequem für dich?" fragte er, als ich auf seinem Schoß saß. Es war mehr so, dass ich ihn umklammerte. Meine Beine waren gespreizt und meine Knie waren an je einer Seite seiner Hüften. Ich runzelte leicht die Stirn, als ich bemerkte, dass er seine Hose wieder zugemacht hatte und sein Schwanz nirgendwo mehr zu sehen war. Das einzige Anzeichen war die harte Beule unter dem Jeans-Stoff. Warum hatte er ihn weggesteckt?

„Ich bin ..." antwortete ich nickend und biss mir auf die Lippe. „Du hast deinen Schwanz wieder versteckt ..."

„Das habe ich." Mir entging der Unterton in seiner Stimme nicht und die Art und Weise wie mich seine dunklen Augen anschauten. „Hatte ich dir nicht gesagt, dass brave Mädchen geduldig sein müssen?" Ich nickte ein zweites Mal mit dem Kopf. „Er wird schon früh genug in dir sein, kleines Mädchen. Er wird deine jungfräuliche Pussy aufspalten und dich so tief ausfüllen, dass du mit deinem kleinen, prallen Arsch wackeln musst, damit er überhaupt reinpasst."

Ich konnte nicht anders und musste scharf einatmen und die Lippen fest gegen seine drücken. Ich konnte nicht länger warten. Mit jeder weiteren Minute wurde ich feuchter und feuchter. Bis zu dem Punkt, dass ich Angst bekam, dass ich nicht mit den Gefühlen in mir umgehen könnte und ich mich vor ihm blamieren würde. Er wusste, wie er mich antörnen musste. Und wie. Schon seit dem Abendessen bei Greg, als ich ihn das erste Mal gesehen hatte, war feucht.

Noch besser, er wusste, was er beim Vorspiel tun musste. Er neckte mich immer und immer wieder, und brachte mich ständig kurz davor, zu kommen, nur um dann eine Vollbremsung hinzulegen. Vor einigen Minuten hatte er mich gefingert und mich fast kommen lassen, aber dann schickte er mich in die Ecke, nur damit ich an mir selbst herumspielen sollte. Und nun waren wir wieder am Anfang und machten rum. Aber kein Schwanz in Sicht.

Ich würde die Wahrheit nicht verbergen. Das tat ich nie. Ich war ein ungeduldiges Mädchen und er musste das bemerkt haben, während ich begann meine Hüften zu bewegen und an ihn zu drücken, als ich mit meinen schlanken Beinen auf ihm gesessen und seine dicken, muskulösen Beine quasi gefangen genommen hatte. Die ganze Zeit über hatte er gut darauf reagiert. Noch besser, er war so gierig und genauso ungeduldig wie ich. Seine Hände wanderten, um jeden Zentimeter von mir zu erkunden und er zog mein Tank Top aus meinem Rock, damit er mit seinen Händen darunter schlüpfen und meine Brüste berühren konnte. Er fasste um sie und füllte damit seine Handflächen aus.

„Das fühlt sich so gut an ..." sagte ich mit geschlossenen Augen, als ich meine Lippen von seinem Mund zu seinem Nacken wandern ließ. Als ich ihn biss, zog er mich leicht von sich weg und schüttelte mit dem Kopf. „Nicht heute Abend, Mary." Obwohl er es ablehnte, zeichnete sich auf seinen Lippen ein jungenhaftes

Lächeln ab. Es war umwerfend so ein verlegenes Grinsen im Gesicht eines solchen Mannes zu sehen.

„Ich muss morgen arbeiten ... ich kann mir keine Knutschflecke erlauben. Was würden meine Klienten denken? Ich kann ihnen ja schlecht erzählen, dass du ein ungezogenes Mädchen warst und deine Markierungen hinterlassen hast."

Ich dachte kurz darüber nach etwas Unanständiges zu sagen. Ganz in dem Sinne, dass er sich ja keine Gedanken darüber machen müsse, was sie denken und dass sie wahrscheinlich nur neidisch sein würden, dass er auf seine Kosten kam. Aber stattdessen erinnerte ich mich daran, dass ich ein braves Mädchen war oder wenigstens diese Rolle spielte. Ich wollte genau so sein, wie er mich haben wollte.

„Okay, dann bin ich ein braves Mädchen", sagte ich mit einem engelhaften Grinsen... wenn ein Grinsen überhaupt engelhaft sein konnte.

„Perfekt", antwortete er lächelnd. „Und du weißt, dass Daddys braven Mädchen Preise geben, oder?"

„Wirklich?" Ich saß immer noch auf ihm und er hatte immer noch meine Brüste in seinen Händen. Seine Finger spielten und zogen an meinen Nippeln, aber wir hatten letztlich aufgehört zu knutschen. „Was bekommen brave Mädchen denn?"

Die nächsten Sekunden waren die intensivsten, die ich je erlebt hatte. Ich konnte spüren wie er mich anstarrte und versuchte, meine Gedanken zu lesen und ich tat dasselbe mit ihm. Ich wusste nicht, was er spürte, aber ich wollte einen attraktiven Mann, der mich entjungfern würde. Nein, nicht nur irgendeinen attraktiven Mann. Ihn. Ich wollte Gabe.

JESSA JAMES

Er war nicht einfach nur irgendein Fremder, der mich ficken würde. Je mehr ich über ihn erfuhr und je mehr Zeit ich mit ihm und seiner Nicht verbrachte, desto mehr wollte ich Teil seines Lebens sein, sogar nachdem wir Sex gehabt haben würden. Einmal würde nicht ausreichen.

„Sie bekommen einen großen, harten Schwanz, der hübsch und tief in diese perfekte, unerprobte Pussy passt. Sie bekommen eine Ladung heißer Wichse, die sie abfüllt. Und sie dürfen vor lauter Vergnügen schreien, wenn es ihnen besorgt wird. Ist das etwas, was du willst oder willst du wieder in der Ecke stehen?"

Erwartungsvoll benetzte ich meine Lippen. „Ich will, dass du mich entjungferst, mich abfüllst, hübsch und tief."

Er wandte seinen Blick nie von mir ab, aber ich hörte ein Grummeln aus seiner Brust aufsteigen. Nach einer gefühlten Ewigkeit nickte er schließlich. „Nimmst du die Pille?" fragte er. „Ich will, dass uns nichts trennt. Wenn ich dich ficke, will ich dich ganz, tief und nackt."

Ich seufzte fast aus Erleichterung für die richtige Antwort, weil ich das auch wollte. Ich nickte. „Ich verhüte."

Nun war Gabe an der Reihe, tief einzuatmen und er fasste noch fester um meine linke Brust. Er zwickte meinen Nippel und ich musste stöhnen. „Perfekt. Warte in meinem Schlafzimmer auf mich. Ich schaue kurz nach Ashley, um sicherzugehen, dass sie tief und fest schläft. Aber damit du eins weißt, kleines Mädchen, ich werde dich nicht direkt ficken. Ich muss dir erst ein paar andere Dinge zeigen."

Ich gehorchte ihm aufs Wort, so wie ich es die letzten Tage bei Gabe zu Hause getan hatte. Worum er mich auch gebeten hatte, egal ob ich Ashley irgendwo hinbringen oder Erledigungen machen sollte, ich tat all das ohne zu zögern. Und nichts davon fühlte sich erzwungen an. Ich wollte es ihm recht machen und ganz besonders heute Abend.

Als ich von ihm weg und auf die Treppe zuging, konnte ich spüren wie seine Augen auf meinem Rücken brannten. *Das* würde endlich passieren. Ich würde zum ersten Mal Sex haben. Ich würde seinen großen Schwanz in mir spüren. Ich würde ein braves Mädchen sein und jeden Zentimeter seines Schwanzes spüren. Ganz ohne Latex würde er meine Pussy mit all seiner Wichse ausfüllen. Er war so männlich und ich wusste, dass es viel sein würde. So viel, dass es an meinen Schenkeln herunter tropfen und mich von innen und außen benetzen würde.

Ich war sowohl nervös als auch verängstigt. Aber ich konnte nicht länger warten. *Endlich.* Es gab kein Zurück mehr und während ich auf das Schlafzimmer zuging, musste ich lächeln.

KAPITEL 5

 *ary*

ER WAR IN MIR – in meinem Mund. So fühlte es sich also an...an einem Schwanz zu lutschen... und ich *liebte* es.

Ernsthaft, ich könnte ihn – Gabe – den ganzen Tag anstarren. Von meiner Position aus, vor ihm kniend, auf seine angespannten Gesichtszüge schauen. Es war nicht nur wegen seiner Größe, sowohl Länge als auch Dicke ... es würde den ganzen Tag dauern davon zu schwärmen. Jeder Teil seines Penis war perfekt geformt und selbst die Textur in meinem Mund gab mir ein Gefühl, über das ich nicht so leicht hinwegkommen könnte. Die Spitze war so weich. Es fühlte sich so delikat an, aber der Rest von ihm war das totale Gegenteil: steinhart. Seine Erektion fühlte sich wie Stahl an und bohrte sich wie eine Bohrmaschine in und aus meinem Mund. Ich konnte mir die Würgegeräusche nicht verkneifen, als die Spitze wieder in mich schoss und gegen meinen Hals drückte. Die Geräusche machten ihn wahrscheinlich nur noch mehr an, wenn man der Art und Weise wie er meine Haare ergriff als Zeichen dafür deuten könnte.

Er war vorsichtig, aber forderte mich gleichzeitig heraus. Zuerst hatte ich gedacht, dass ich nicht alles von ihm in den Mund nehmen könnte, aber Stück für Stück ging er immer tiefer. Spucke lief mein Kinn herunter und ich atmete seinen männlichen Duft durch die Nase ein.

„So eine brave Schwanzlutscherin für Daddy."

Alles hatte sich bereits unglaublich gut angefühlt – wie er mich fingerte, mir dabei zusah, wie ich ihm eine Privatvorstellung gab und wie er mir überall warme Küsse auf der Haut verteilte –, aber ihm einen zu blasen brachte das Ganze auf ein ganz anderes Niveau. Es hatte mein Interesse geweckt, wenn es um Sex ging. An der Intimität davon. Die Kraft hinter den Aktionen. Auf meinen Knien vor ihm nahm ich ihm definitiv etwas seiner Kontrolle, sobald ich seinen Schwanz tief in meinem Hals hatte. Und seine Erregung machte mich nur noch mehr an.

Geduld, erinnerte ich mich. *Brave Mädchen bekommen eine Belohnung.*

Er legte seine Hände an meine Wangen und packte mit einem festen Griff zu, während er damit weitermachte, seinen Schwanz in und aus meinem Mund zu stoßen. Er ließ seinen Kopf stöhnend in den Nacken fallen. Er klang wild und hungrig. Genauso wie es ein Alphatier wie er sein sollte und ich spürte, wie meine Pussy immer feuchter wurde. Ich war mehr als bereit für ihn und ich wusste, dass er es auch war.

Langsam zog er seinen Schwanz aus meinem Mund und starrte mich von Kopf bis Fuß an.

„Ich komme nicht in diesem Mund, du Füchsin. Du kannst mir vielleicht die Wichse aus den Hoden saugen, aber ich will es tief in der Pussy, nicht in deinem Bauch. Zieh das Top aus, kleines Mädchen."

Ich hatte immer noch mein Tank Top an, aber er hatte es nach oben über meine Brüste geschoben, damit er sie anschauen konnte, während ich ihm einen blies. Es musste ihn jetzt wohl gestört haben, also zog ich es über meinen Kopf und ließ es auf den Boden fallen. Mein Rock war schon viel früher weggekommen und nun war ich komplett nackt vor ihm und kniete vor seinen Füßen. Vor seinem Schwanz. Und wartete auf meine nächsten Anweisungen.

„Du willst Daddy befriedigen, nicht wahr?"

Ich nickte.

„Dann hoch mit dir aufs Bett. Komm her, kleines Mädchen."

Das Verlangen in seiner tiefen, fordernden Stimme ließ mich zittern. Ich kam mir ein wenig wie eine Schlampe vor. Seine Schlampe. Obwohl er wollte, dass ich ein braves Mädchen war, fühlte ich mich sehr, sehr ungezogen. Aber was Daddy will, bekommt Daddy auch und so krabbelte ich auf das Bett zu und dann darauf. Mein Arsch war komplett zu sehen und meine Brüste wackelten hin und her, als ich mich auf ihn zu bewegte. Dabei sah er zu und war bis auf seinen Schwanz noch komplett angezogen.

Ich drehte mich um und lehnte mich gegen das Kopfende des Betts und wartete auf ihn. Er musste nur seine Augenbraue anheben und ich wusste, was er von mir wollte. Er wartete auf mich. Ich spreizte meine Beide weit. Meine Pussy war offen und bereit für ihn und schrie und flehte verzweifelt danach, von ihm genommen zu werden.

Er ergriff den Saum seines Hemds und zog es über seinen Kopf. Seine Jeans lag um seine Knöchel herum und er trat sie weg bis ich nur noch seine nackte Haut vor mir hatte. Ich atmete tief ein. Es war das erste Mal, dass ich ihn komplett nackt sah. Irgendeinen Mann überhaupt. Er war mein Erster in jeglicher Hinsicht. Die Anzüge und Langarmhemden, die er trug, hatten seinen tollen Körper wirklich gut versteckt. Er war muskulös, wie ein Schwimmer oder Läufer, aber er war keineswegs schlaksig oder dürr. Unter seiner Haut zeichneten sich harte, sehnige Linien ab.

Es hörte sich blöd an, aber das einzige Adjektiv, das mir bei seinem Anblick in den Kopf kam war hart, nicht nur *da* unten, sondern überall. Von seinen Armen bis zu seinen Beinen und sogar seine Brust und seine Bauchmuskeln − er war Kraft in Person. Vielleicht war es eine Architekten-Sache. Er sprach immer davon, wie er Baustellen besuchte und auch anpacken musste. Unter der heißen Sonne mit einem Vorschlaghammer zu sein, hatte ihn gestählt und ich beschwerte mich bestimmt nicht darüber.

Meine Gedanken wurden wieder in die Realität geholt, als er zu mir aufs Bett kam und seine Hände über meine Haut glitten. Bei seiner Berührung musste ich leicht zittern. Mich hatte noch nie ein Mann so berührt, wie er es in diesem Moment tat. Das Gefühl seiner großen, warmen Hände auf meiner Haut gefiel mir sehr.

Es war definitiv ein neues, gewöhnungsbedürftiges Gefühl für mich.

„Bist du dir sicher, dass du das tun willst?" fragte er und schaute mir tief in die Augen.

Er hatte die ganze Zeit die Kontrolle gehabt und mir gesagt, was ich zu tun hatte, mir Anweisungen gegeben, wie ich mich und ihn zu befriedigen hatte. Er führte mich selbst beim Schwanzlutschen. Aber meine jungfräuliche Pussy zu ficken, war etwas ganz anderes.

Es war ungewohnt, dass er mich um meine Zustimmung bat und ich würde nicht leugnen, dass es mein Herz erweichte, dass er mich fragte. Ich mochte ihn dafür nur noch mehr. Er war dominierend und kontrollierte mich, aber ich wusste die ganze Zeit, dass er sich immer um mich sorgte, sicherstellte, dass ich mit all dem, was wir taten oder tun würden einverstanden war und es auch wollte. Deshalb nannte ich ihn auch Daddy. Er verkörperte all das, was ich in einem Mann wollte. Er verstand mich und meine Bedürfnisse – sowohl körperlich als auch emotional.

Ein oder zwei Sekunden vergingen, bevor ich endlich mutig genug war, um das zu sagen, was mir im Kopf herumschwirrte. Ich hätte ihm leicht eine schnelle, unüberlegte Antwort geben können, aber da war etwas an dem Moment, dass mich dazu brachte, meine Gefühle offenzulegen. „Ich kann an niemanden sonst denken, mit dem ich das hier lieber tun würde. Fick mich, Daddy."

Ich konnte sehen, wie er dabei schmunzelte und ich konnte nicht anders, als zurückzulächeln. Er brachte sich zwischen meinen Schenkeln in Position und ergriff eine Hüfte, um mich offen zu halten.

Genau in diesem Augenblick spürte ich wie seine

Spitze gegen meinen Eingang strich. Sein Blick hielt meinem Stand und ich spürte, wie er langsam und Zentimeter für Zentimeter in mich eindrang. Er war groß. Er dehnte mich weit aus. Er füllte mich mehr aus, als ich es mir je hätte vorstellen können.

„Daddy", hauchte ich und begann dann zu hecheln, als er tiefer eindrang.

„So ein braves Mädchen. Das ist es. Ich bin komplett in dir."

Jane hatte Recht: Es tat am Anfang ein wenig weh. Ich konnte meine Augen nicht aufmachen, da ich mich an das Gefühl gewöhnen musste. Gabe handhabte es so viel bessert, als ich es je erwartet hätte. Immerhin fickte er jemanden, die absolut keine Ahnung hatte, was sie tat. Ich hatte erwartet, dass er aufgibt, mir sagt, dass es heute Abend vielleicht nicht klappen würde, dass er keine Zeit mit einer Jungfrau verschwenden wollte, wenn er doch mit weitaus erfahreneren Frauen zusammen sein konnte, die nicht bluteten und keine Schmerzen beim Sex hatten. Aber nichts davon.

Stattdessen vergewisserte er sich mit jedem Zentimeter, dass es mir gut ging und dass ich ihn leicht genug nehmen konnte. Ich war feucht, das war also kein Grund zur Sorge. Aber ich war eng. Wirklich eng.

„Du bist so groß."

„Zu groß?" fragte er mit rauer Stimme.

Ich schüttelte meinen Kopf und drückte ihn noch ein bisschen mehr auf mich. Dann wurde ich still und während sein Schwanz komplett in mir versank, konnte spüren, wie ich immer feuchter und feuchter wurde.

Mit einer überraschenden Bewegung drehte er mich

um, sodass ich breitbeinig auf ihm lag. Das weiche Haar kitzelte meine Beine und ich schaute ihn an.

„Dein Schwanz ist komplett in mir", sagte ich sowohl überrascht als auch froh und bewegte meine Hüften ein wenig, um mich an die neue Position zu gewöhnen.

Er grinste. „Das ist er. Du hast Daddys ganzen Schwanz in dir. Jetzt probiere ihn mal aus. Hoch und runter. Das ist es. Ich will dir zusehen."

Ich legte meine Hände auf seine Schultern und bewegte mich hoch und runter, als ob ich meine Pussy immer und immer wieder auf ihm aufspießen würde. Ich sah Gabe an. Sein Blick war auf meine Brüste fixiert. Sie wackelten und schwangen mit meinen Bewegungen mit und wenn ich mich auf ihn drückte, sodass meine Klit gegen ihn rieb, lehnte er sich vor und nahm meinen Nippel in seinen Mund.

Als er mich zärtlich biss, kam ich und molk ihn.

„Fuck, kleines Mädchen, ich komme." Er erhärtete in mir und spritzte dann heiß aus. Ich konnte jeden Spritzer seiner Wichse in mir spüren.

Ich war verschwitzt und unordentlich, als ich versuchte, mich von ihm wegzuziehen. Genau wie ich es mir vorgestellt hatte, sickerte seine Wichse heraus und benetzte beide unserer Schenkel. Blut überzogen wurde uns gezeigt, was er getan hatte. Er hatte mich zum ersten Mal gefickt. Hatte mich erobert. Mit seinen Händen an meinen Hüften hielt er mich fest an meinem Platz.

„Lass Daddy noch für eine Minute in dir bleiben. Ich entjungfere mein kleines Mädchen schließlich nur einmal."

Ich lehnte mich vor und küsste ihn. Ich war froh, dass er mein Erster gewesen war. Ich ging an dem Abend mit einer nackten und von Gabes Sperma tropfenden Pussy und feuchten Schenkeln nach Hause. Ich wollte nicht duschen, sondern genoss es, dass er mich heiß und klebrig als seinen Besitz markiert hatte.

* * *

AM NÄCHSTEN MORGEN wollte ich nicht aufwachen. Ich hatte von Gabe geträumt. Von seinen Händen, seinem Mund, dem Gefühl, ihn in mir zu haben – meinem ersten sexuellen Erlebnis. Es war das einzige, woran ich denken wollte, aber meine Mutter weckte mich schreiend und mir einem Stapel Flyer in der Hand auf.

„Warum bekommen wir Post von der Uni hier?" fragte sie und zog die Jalousien neben meinem Bett hoch.

Ich stöhnte und versuchte, meine Augen von dem hellen Licht abzuschirmen. Ich war spät nach Hause gekommen und ich war nicht sofort eingeschlafen. Ich hatte wahrscheinlich nur fünf Stunden Schlaf und da brauchte ich nicht noch meine Mutter, die mir ins Ohr schrie. Sie kümmerte sich nicht, dass ich gestern Abend spät heim gekommen war, dass ich meinen Chef gefickt hatte, oder dass ich sogar meine Jungfräulichkeit verloren hatte. Sie kümmerte sich bloß darum, dass Flyer der lokalen Uni im Briefkasten waren, weil es vielleicht ihre Pläne durchkreuzen könnte.

„Ich habe mich für den Newsletter angemeldet..." Ich wollte mich nicht hin- und mit ihr auseinandersetzen. Ich wollte nicht reden oder mich mit ihr streiten. Ich wollte nur von Gabe träumen und an ihn denken. Zwischen meinen Beinen war ich wund. Sein Schwanz war riesig und in meiner unerfahrenen Pussy gewesen. Es tat da ein wenig weh, wo er mein Jungfernhäutchen durchbrochen hatte und ich konnte getrocknetes Sperma an meinen Schenkeln spüren. Für einen Moment hatte ich vergessen, worüber wir gesprochen hatten, aber als ich ihren wütenden Gesichtsausdruck sah, konzentrierte ich mich auf sie und nicht, darauf wie ausgezeichnet meine Pussy benutzt worden war. „Ich konnte nicht wissen, dass sie mir Post schicken würden."

„Hatten wir das Thema nicht abgeschlossen? Das beste Programm für dich ist an der Uni am anderen Ende des Landes. Warum setzt du deine Zukunft aufs Spiel und bleibst hier? Willst du, dass ich mich um dich kümmere bis du alt bist? Ist es das?" Sie warf die Flyer auf mein Bett und starrte mich an. „Ich habe dir ein gutes Leben geboten und dir alles gegeben, was du gebraucht hast und wolltest, Mary, aber ich kann das nicht ewig tun. Eines Tages musst du auf eigenen Beinen stehen und das wird Ende des Sommers der Fall sein, wenn du an die Uni gehst."

Bis zu diesem Augenblick hatte ich nicht gewusst, wie schnell meine Laune umschlagen konnte.

„Ich weiß, Mama." Ich versuchte mein Bestes, ihr gegenüber nicht die Augen zu verdrehen. „Ich habe ja nicht gesagt, dass ich nicht zur Uni gehen will. Ich will hierbleiben, weil es billiger für mich wäre. Das ist doch, was du willst, oder? Dass ich kluge Entscheidungen treffe? Dass ich alleine lebe? Ich weiß, dass du die Studiengebühren bezahlst, wenn ich an die andere Uni gehe, aber was ist mit allem anderen? Ich müsste einen Job finden und das ist nicht mal sicher. Hier kann ich weiterhin für Gabe arbeiten und auf Ashley aufpassen. Es wäre flexibel und es würde meine Kosten decken. Ich müsste mir keine Gedanken darüber machen, mich für Jobs hier zu bewerben, da ich bereits einen habe. Ich müsste nicht weiter von dir abhängig sein."

Das brachte sie zum Schweigen. Das hatte sie nicht erwartet. Meine Mutter dachte, dass ich so blöd war, alles auf mein Aussehen zu setzen, um über die Runden zu kommen. Sie fand, dass ein Job als Vorschullehrerin dumm war. Ich war nicht wie sie. Meine Antwort gab ihr nicht die Chance zu widersprechen. Sie wusste nicht, was sie sagen sollte, weil ich Recht hatte. Ich hatte bei Gabe einen Job. Mindestens solange bis Ashleys Mutter wieder da war, aber dann könnte ich vielleicht für sie arbeiten.

Bald darauf drehte sie sich um und ging aus dem Zimmer heraus. Das war das Ende des Gesprächs gewesen. Wenigstens für den Augenblick, aber ich konnte einfach nicht aufhören, darüber nachzudenken, was gerade passiert war. Meine Mutter und ich waren ... zivil miteinander umgegangen. So konnte man es am besten ausdrücken. Sie war so sehr mit ihrem neuen Verlobten beschäftigt gewesen, dass wir kaum miteinander gesprochen oder Zeit miteinander verbracht hatten. Sie wollte mich nicht dahaben, soviel war deutlich gewesen. Ich musste mich fragen, ob sie mich überhaupt liebte. Ich war mehr nur ein Gast im Haus als eine Tochter gewesen. Vielleicht war es an der Zeit zu gehen. Es wurde so langsam toxisch. Sie war toxisch. Ich brauchte frische Luft. Ich brauchte meinen Freiraum. Ich brauchte Gabe.

 *abe*

ICH KONNTE ES NICHT ABWARTEN, sie zu sehen – Mary. Nach der letzten Nacht konnte ich an nichts anderes denken.

Herr Gott. Ihre Pussy, ihre Nippel, ihr süßes Gestöhne. Die Art und Weise, wie sie kam und sich wie ein Schraubstock um meinen Schwanz drehte. Wie sie mich Daddy nannte.

Zuvor hatte mich so ein Scheiß nicht angemacht, aber mit ihr schien es einfach nur richtig zu sein. Sie brauchte Autorität, etwas Dominanz und wenn sie in mir einen Vater suchte, dann würde ich dieses Verlangen gerne erfüllen. Ich wusste, dass ihr Vater nicht im Bilde und ihre Mutter ein kontrollierendes Miststück war, die sie aus dem Haus haben wollte. Verdammt, sie wollte

59

Mary am anderen Ende des Landes haben, damit sie nicht bei ihrer neusten Liebelei störte.

Kein Wunder, dass sie Zuspruch bei mir suchte. Kein Wunder, dass sie wollte, dass ich sie zuerst nahm. Ich würde es nicht zulassen, dass ein Pickelgesicht ihre reine Haut anfasste. Wenn sie jemand beflecken würde, dann ich. Und das hatte ich. Fuck, sie hatte wie ein bestraftes kleines Mädchen in der Ecke gestanden und mir ihren Arsch mit meinem pinkfarbenen Handabdruck gezeigt.

Wenn es ihr nicht gefallen hätte, hätte ich es nicht gemacht, aber ihre Nippel wurden nur noch härter und sie war rot geworden und ihre Pussy tropfte quasi wie ein Wasserhahn, als sie mir gehorchte.

Ich war wieder hart und ergriff den Schaft meines Schwanzes. Es war kein Wunder, dass ich wieder mit einem Steifen aufgewacht war und ich unter der Dusche abgespritzt hatte. Ich war schnell fertig, da es einfach und fast mühelos war. Ich musste nur an sie denken: Die prallen Brüste und der Arsch zwischen ihrer dünnen Taille und den schlanken Beinen. Sie war der Traum eines jeden Mannes und sie gehörte mir. Ich kam noch einmal und war erstaunt darüber wie viel Sperma aus meinen Hoden schoss. Ich musste aufhören und es für sie aufheben. Um diese Pussy vollzumachen und dabei zuzusehen, wie es wieder heraustropft.

Ich schrieb ihr früh eine Nachricht, dass sie um zwölf kommen sollte, also nicht wie gewöhnlich, damit sie ausschlafen konnte. Ich hatte sie letzte Nacht gut verausgabt. Ich würde uns beiden Mittagessen kochen. Ich hatte ihr gesagt, dass ich zu Hause arbeiten würde, damit ich mich am Morgen um Ashley kümmern konnte. Ich musste immer noch zu einer Besprechung am Nachmittag und so war ich froh, dass sie zu Hause auf mich warten würde. Würde sie wieder in einem kurzen Rock und ohne BH auftauchen? Scheiße, Lusttropfen kamen wieder aus meinem Schwanz.

Es dauerte eine Weile, um zu antworten und zu bestätigen, dass sie um die Mittagszeit da sein würde. Gut. Ich würde nicht länger warten, um meine Hände an sie zu bekommen. Ich wusste, dass ich ein riesiges Grinsen im Gesicht hatte. Sie war keine Jungfrau mehr. Wegen *mir*. Der Gedanke daran machte mich ekstatisch. Da war etwas Spannendes daran, Sex mit einer Jungfrau zu haben. Einer sexy, unanständigen Jungfrau namens Mary.

Es gab mir das Gefühl, etwas Besonderes zu sein, weil sie mich aus all den Leuten ausgewählt hatte, mit denen sie es hätte treiben können. Ich wusste, dass die Jungen und Männer Schlange standen, um mit ihr auszugehen und mit ihr zu schlafen. Bei ihrem Körper und einem Gesicht wie ihrem, war das nur zu erwarten. Und trotzdem wollte sie mich und ich würde sie mit niemandem teilen. Wenn ein Junge an ihr schnuppern würde, wusste sie, zu wem sie gehörte. Zu wem ihre Pussy gehörte. Ich hatte sie klar und deutlich markiert.

Ich konnte es nicht abwarten, in ihre smaragdgrünen Augen zu schauen. Ich hatte sie mir schon gut einge-prägt. Es war mir egal, ob ich ein Trottel war, aber ich konnte mich selbst verlieren, wenn ich sie nur anstarrte. Ich wusste genau, was es an Mary war, das mich zu ihr hinzog. Es war nicht nur ihre Schönheit, sondern wer sie war als Person.

Sie war unabhängig und ließ es nicht zu, dass sie jemand mit Füßen trat und trotzdem wusste ich, dass

unter dieser starken, eiskalten Fassade die liebenswer-
teste, verständnisvollste und sorgsamste Frau versteckt
war, die ich jemals hatte kennenlernen dürfen. Und sie
hatte auch eine unterwürfige Natur, die mich nur befriedigen wollte. Mir gehorchen wollte. Sie tat immer, um
was ich sie bat, egal ob das ein Ausflug mit Ashley in den
Park war oder ein Striptease vor mir, der damit endete,
dass sie an sich selbst herumspielte. Sie hatte alles ohne
Zögern und ohne Fragerei gemacht. Ich musste mich
fragen, was sie sonst noch für mich auf Befehl hintun
würde. Da sie keine Jungfrau mehr war, freute ich mich
darauf, all die unanständigen Dinge mit ihr zu tun. Sie
mochte von außen vielleicht etepetete wirken, aber bei
mir war sie ein versautes, schmutziges Mädchen.

Ich konnte es nicht erwarten, sie zu sehen. Und da
ich viel Arbeit hatte, verging die Zeit eher schnell. Ohne
Zögern rannte ich die Treppe runter, als es an der Tür
klingelte.

In dem Moment, als ich die Tür öffnete, um sie rein-
zulassen, wusste ich, dass etwas nicht stimmte. Ich freute
mich jedes Mal auf ihr junges Lächeln und ihr schelmi-
sches Grinsen. Sie wusste, wie sie ihre Süße und ihre
Attraktivität zu ihrem Vorteil einsetzen musste und das
zur richtigen Zeit. Meinem Schwanz gefiel beides und
reagierte stets darauf. Jetzt gab es allerdings nichts
dergleichen und mein Herz schmerzte plötzlich. Irgend-
etwas stimmte nicht und ich wollte sie wieder lächeln
sehen.

„Ist alles in Ordnung, kleines Mädchen?" fragte ich
und legte eine Hand auf ihre Schulter. Ich nutzte die
Zärtlichkeit, damit sie wusste, dass ich ihre Antwort

hören wollte, oder sie würde sonst über meinem Knie enden.

„Es ist alles in Ordnung", antwortete sie schnell. Ich wusste es besser, als es einfach so stehen zu lassen. Ich hatte genug Ex-Freundinnen, um zu wissen, dass „Es ist alles in Ordnung" bedeutete, dass etwas absolut nicht in Ordnung war.

„Du weißt, dass du mir alles erzählen kannst, oder?" Plötzlicher kam mir ein Gedanke in den Kopf, der mich tatsächlich nervös machte. „Ist es wegen letzter Nacht? Bereust du, was passiert ist?"

Ich musste fast vor Erleichterung seufzen, als sie automatisch den Kopf schüttelte. Ihre Augen weiteten sich und sie machte den Mund auf, um zu schreien: „Nein! Natürlich nicht! Ich bin nur—"

Das Schicksal musste auf ihrer Seite gewesen sein, weil Ashley genau in diesem Moment anfing, zu weinen und Mary benutzte das als Entschuldigung, unser Gespräch abrupt zu beenden und ließ mich mit einer Million weiterer Fragen im Kopf zurück. Ich würde das nicht so stehen lassen. Sie sollte ihre Probleme nicht so in sich hineinfressen. Sie hätte wissen sollen, dass sie mit mir reden kann. Ich würde ihr beweisen, dass es da mehr gab als Sex. Wir hatten schließlich den ganzen Nachmittag Zeit.

Erst drei Stunden später, als Ashley endlich eingeschlafen war, konnten Mary und ich wieder reden. Ich hatte sie gebeten, mir in mein Büro zu folgen. Ich hatte es mir auf meinem Schreibtischstuhl bequem gemacht und sie saß auf dem Ledersessel auf der anderen Seite des Tisches. Ich schüttelte schnell meinen Kopf.

„Setz dich auf meinen Schoß", sagte ich und klopfte mir auf die Oberschenkel.

Sie hielt für einen Moment inne, bevor sie dann zu mir kam. Ihre Beine hingen über meinen linken Schenkel und sie seufzte erleichtert, während ich sie fest in den Arm nahm.

„Nun, sag mir, was los ist..."

„Du hörst dich wie ein Vater an", antwortete sie sofort. „Obwohl ich eigentlich nicht wirklich weiß, wie sich ein Vater verhalten würde. Meiner war ja nicht da." berichtigte sie sich schnell. „Oder wenigstens verhältst du dich und redest du so, wie ich mir vorstelle, dass es ein Vater tun würde..."

„Deshalb nennst du mich auch Daddy, nicht wahr?" fragte ich mit einer Hand um ihre Taille und der anderen in ihrem Nacken. Ich wollte, dass sie mich ansah und nichts vor mir verbarg. „Ich höre dir zu und helfe dir und gebe dir alles, was du brauchst, egal ob es ein guter, harter Fick oder ein paar Schläge auf den Hintern sind."

Sie versuchte, nicht zu weinen, aber sie musste wissen, dass es nichts gab, worum sie sich sorgen machen musste. Weinen war okay, besonders wenn ich sie dabei im Arm halten konnte. Zärtlich brachte ich meine Hände von ihrer Hüfte und ihrem Nacken fest um ihren ganzen Körper, zog sie an mich, sodass ihr Kopf unter meinem Kinn war.

Ich begann, mit ihren Haaren zu spielen und streichelte sie sanft. Genau in diesem Augenblick brach sie zusammen. Sie erzählte mir davon, wie sie und ihre Mutter gestritten hatten, dass sie nicht quer durchs Land ziehen wollte und dass sie hier in der Stadt bleiben wollte und an einer Vorschule arbeiten wollte. Sie erzählte mir außerdem, dass sie hier problemlos eine Stelle finden könnte, wenn sie bliebe, aber dass ihre Mutter etwas völlig anderes wollte. Am Ende hatte sie keine Tränen mehr und ich nahm sie noch fester in den Arm. Ich zog meinen Kopf von ihr weg, bevor ich begann, sie auf den Mund, die Wangen und die Stirn zu küssen. Ich hielt meinen Arm weiter um sie und ließ sie nicht los und ihre Hände fanden ihren Weg um meine Taille und wanderten meinen Rücken hoch. Sie umarmte mich so fest, wie sie konnte und es war das schönste Gefühl der Welt.

„Alles wird gut, Mary", sagte ich, „Ich bin immer für dich da."

Sie nickte und öffnete ihre Mund immer mal wieder. Schließlich sagte sie: „Hilfst du mir dabei, mich bei den Unis hier in der Gegend zu bewerben? Ich habe mich schon ein wenig erkundigt und es gibt eine, die bietet Studiengänge an, um Lehrerin zu werden."

Ich strahlte sie an.

„Natürlich!" Ich schüttelte meinen Kopf und versicherte ihr, dass sie nicht so nervös sein musste, wenn sie mich um Hilfe bat. Ich erinnerte sie wieder daran, dass ich immer ein offenes Ohr hatte und so half ich ihr von meinem Schoß und erklärte, dass wir uns augenblicklich an die Arbeit machen würden. „Wir fangen sofort an!"

Sie dachte, dass ich Witze machte. Aber das habe ich definitiv nicht und so forderte ich sie auf, sich auf einen Stuhl neben mich zu setzen und gab ihr meinen Laptop. Sie begann damit, die Bewerbung auszufüllen und nach zwei Stunden Fleißarbeit ihrerseits – ich arbeitete an meinem neusten Projekt direkt neben ihr – hatte sie das Formular vollständig ausgefüllt und abgeschickt. Ich sagte ihr, dass ich ihr dabei helfen würde, mehr über die Unis in der Nähe herauszufinden, damit sie wenigstens eine informierte Wahl treffen könnte.

„Ich bin froh, dass ich einige Optionen habe, und dass ich vielleicht in der Stadt bleiben kann", sagte sie und klappte den Laptop zu. Erschöpft lehnte sie sich zurück.

Sie brauchte eine Pause und da kam mir ein unanständiger Gedanke in den Kopf. Ich konnte es mir aber nicht anders überlegen und da ich wusste, dass es ihr gefallen würde, beugte ich mich runter, legte meine Hände auf ihre Taille und hob sie vom Stuhl setzte sie auf ihrem Hintern auf meinen Schreibtisch. Ich schob die Papiere zur Seite, machte es mir auf meinem Computerstuhl bequem und spreizte meine Beine. Ich hörte, wie sie einatmete, da sie realisierte, was ich vorhatte. Sie griff in meine Haare, hielt sich fest und ließ ihren Kopf in den Nacken fallen.

Begeistert und mit einem frechen Grinsen auf meinen Lippen, zog ich ihr ungeduldig das Höschen aus. Sie wölbte ihren Rücken vom Tisch, als mein Finger leicht gegen ihre Klit rieb. Ein sanftes, weibliches Stöhnen war zu hören, als ich mich nach vorne lehnte und begann, mit meiner Zunge mit ihrem Eingang zu spielen. Ich wollte sie langsam ficken. Wollte ihr zeigen, dass es mehr als nur einen Weg für mich gab, sie zu befriedigen. Ich wollte es genießen, sie zu lecken, weil, Fuck, sie schmeckte so gut, und ich wollte ihr das ultimative Erlebnis bereiten. Ich wollte nichts überstürzen, wenn ich das mit ihr tat, da es das erste Mal für sie war, dass ihre Pussy geleckt wurde. Ich wollte ihre Schreie hören, spüren, wenn sich ihre Finger in meinen Haaren verwickelten, dieses atmige Gestöhne, diese tropfende Erregung.

„Gabe... ah..." Ihre weibliche Stimme erfüllte den Raum und ich konnte spüren, wie mein Schwanz größer und härter wurde. Er wollte in sie eindringen, aber er hatte nicht die Kontrolle. Wenigstens noch nicht. Weiblichkeit war wirklich der größte Turn-on. „Das fühlt sich so gut an..."

Ich steckte einen Finger in sie und fand den kleinen Haken in ihrer Pussy. Es ließ Mary wie ein Feuerwerk hochgehen. Es fühlte sich so tief an, obwohl es das eigentlich gar nicht war. Es hat noch nie versagt, um eine Frau wild werden zu lassen und so wie Mary stöhnte und wie sie ihre Hüften gegen meine Finger drückte, wusste ich, dass sie es auch unglaublich gut empfand. Nach einer Weile wollte ich ihrem Erlebnis noch einen draufsetzen und begann, ihre Pussy zu lecken und vermischte es mit Saugen und leichtem Beißen. Gleichzeitig bewegte ich meine Finger noch schneller rein und raus und ich konnte spüren, wie sie an mir zitterte.

„Ich komme ... Gabe... Ich komme..."

„Lass dich gehen, Baby", sagte ich. „Entspann dich ... Lass Daddy deinen Saft schmecken."

Und es schmeckte süßer als alles andere, was ich jemals hatte, bildlich und buchstäblich. Sie sog an meinem Finger, während ich jeden Tropfen ihrer Lust ableckte. Ich konnte durchaus sagen, dass sie eine Weile brauchte, bevor sie schließlich wieder von meinem Schreibtisch aufstehen konnte. Ich konnte das jungenhafte Lächeln nicht aus meinem Gesicht vertreiben. Es war schön sie so befriedigt zu sehen. Ja, ich konnte es meinem Mädchen richtig besorgen.

KAPITEL 7

 _ary_

Ich war zu Gabes Haus geeilt, um ihm die guten Nachrichten so schnell wie möglich mitzuteilen. Ich konnte es _verdammt noch mal_ nicht glauben. Ich nahm die Dokumente in die Hand und stieg so schnell wie ich konnte ins Auto. Niemand war zu Hause, meine Mutter war mit ihrem Verlobten verreist. Es gab also niemanden, der mich zurechtweisen und mir sagen konnte, wie schlecht meine Entscheidung war. Ich wusste, dass _dies_ die richtige Entscheidung war und sie war einfach nur egoistisch. Es ging hier nicht um sie. Es ging um mich, um das, was ich wollte und was mich glücklich machen würde.

Ich läutete an der Türklingel und in meiner Aufregung stellte ich dann erst fest, dass ich gar nicht sicher war, ob er überhaupt zu Hause war. Ich sollte heute gar nicht vorbeikommen. Ich hatte frei und ich war an meinem freien Tag zuvor nie vorbeigekommen.

Plötzlich wurde ich nervös. Ich hatte absolut keine Ahnung, warum. Gabe hatte mich die ganze Zeit unterstützt, aber trotzdem fühlte ich mich auf einmal kindisch, weil ich einfach so zu ihm gefahren war. Würde er mich überhaupt sehen wollen? *Wo war er?* Meine paranoiden Gedanken begannen durchzudrehen. Gestern als wir zusammen waren, hatte er nichts über Pläne für heute gesagt. Er hatte nur erwähnt, dass er die arbeitsintensivste Zeit überstanden hatte und er sich darauf freute, es im Büro langsamer angehen lassen zu können. Das bedeutet, dass wir Zeit miteinander verbringen konnten, aber warum hatte er mich heute nicht zu sich eingeladen? War ich nur von Nutzen, wenn ich auf Ashley aufpasste? Fickte er mich nur an meinen Arbeitstagen, so dass es wie ein Bonus für die Arbeit war? Bei dem Gedanken wurde mein Herz schwer. Ich war paranoid und anhänglich. Beides waren Dinge, die ein klares Turn-off waren.

Ich legte meine Zeigefinger an meine Schläfen und begann in kreisenden Bewegungen darüber zu reiben. Ich atmete tief ein und sagte mir selbst, keine eifersüchtige Schlampe zu sein, wenn er mit einer anderen zusammen sein sollte. Wir waren nicht fest zusammen, aber die Vorstellung, dass er einer anderen Frau befahl, sich in die Ecke zu stellen, ließ mich durchdrehen. Spielte er den Daddy auch mit einer anderen? Wir hatten den Status unserer Beziehung noch nicht festgelegt, aber *verdammt*, ich wollte es nicht und würde es nicht laut sagen, aber ich begann, Gefühle für ihn zu entwickeln. *Sehr* starke Gefühle. Gefühle, die wollten, dass ich sein einziges, kleines Mädchen war, dass ich die einzige war, die er leckte, an der er sog, die er fickte und um die er sich kümmerte.

Ahhhhh. Ich kniff die Augen zusammen. Es war das perfekte Timing, dass sich die Tür öffnete und ich in mir bekannte, blaue Augen starrte, wie ich es auch gestern und die Tage zuvor getan hatte. Mein Herzschlag setzte aus, als ich ihn sah.

„Mary... Du bist es", sagte er schockiert. „Ist alles in Ordnung?"

„J-ja..." stotterte ich ein wenig, bis ich mein bestes Lächeln auflegen konnte. „Ich bin hergekommen, weil..." Ich wedelte mit den Dokumenten in meiner Hand, damit er sie bemerkte. Langsam streckte er seinen Arm aus und nahm mir die Zettel ab, um drüber zu schauen. Er lächelte langsam.

„Ein Aufnahmeschreiben für das Lehrprogramm *und* ein Jobangebot bei der Vorschule?" Er grinste wie ein Honigkuchenpferd, vom einem bis zum anderen Ohr, aber was mich noch mehr überraschte war es, dass er auf mich zu kam und mir einen dicken Kuss auf den Mund gab. „Ich bin unglaublich stolz auf dich."

Ich ließ mich in seine Arme fallen und er nahm mich mit rein und kickte die Haustür hinter uns zu.

* * *

GABE

„Wann...setzt deine Mutter...Ashley a-ab?" fragte Mary außer Atem.

Wir hatten den ganzen Tag damit verbracht, Filme zu schauen: alles von romantischen Komödien und

Dramen bis hin zu Action-Filmen und Filmen auf anderen Sprachen. Die einzige Pause, die wir uns nahmen, um nicht auf meinen riesigen Fernseher zu schauen, war, als ich für uns Chinesisch bestellte. Ich fragte Mary, ob sie ausgehen wollte, um ihre beiden Errungenschaften zu feiern – an der Uni aufgenommen zu werden, an der sie studieren wollte, und einen Job einzuheimsen –, aber sie zog es vor, zu Hause zu bleiben und zu kuscheln.

Es war auch so süß gewesen, wie sie es gesagt hatte – dass sie lieber kuscheln und mich für sich haben wollte. Ich erhielt einen Einblick in eine andere Seite von ihr. Normalerweise bewegte und gab sie sich immer so selbstsicher. Daher brannte sich dieser Anblick, sie für einen Moment ein wenig schüchtern und unsicher zu sehen, in meinem Kopf ein. Dass sie es mir auch noch zeigte, gab mir das Gefühl, naja, ein verdammter Rockstar zu sein.

„Gabe..." atmete sie schwer.

Unter den dicken Decken fanden meine Finger ihren Weg zu ihrem Höschen und die feine Spitze rieb an ihr. Ich bemerkte, wie ihr Atem abgehackter wurde und sich nicht mehr so sehr auf den Film konzentrierte. Sie machte für einen Moment lang ihre Augen zu und ließ ihren Kopf nach hinten fallen. In einem Anflug von Selbstvertrauen, fasste sie um mein Handgelenk und brachte meine Hand unter ihr Höschen und zeigte mir genau, wo und wie feste sie angefasst werden wollte.

„Nicht heute Abend. Nächste Woche", sagte ich und hörte nicht auf, mit meinem Finger zu spielen. „Genug über Ashley und meine Mutter." Sie waren die Letzten, an die ich denken wollte, wenn ich meine Hand in Marys Höschen hatte.

Und damit drehte ich uns um. Sie lag mit dem Rücken auf dem Sofa und ich hatte meine Beine an beiden Seiten von ihr. Meine Finger spielten weiter mit ihrer Pussy und ihre Hände wanderten über meinen Rücken, stoppten am Ende meines Hemds, um es auszuziehen. Und das tat ich mit Vergnügen. Ich zog das Hemd über meinen Kopf und warf es auf den Boden, bevor ich damit begann, ihr Tank-Top auszuziehen. Ich konnte mir mein Lächeln nicht verkneifen, als ich die Spitze über ihrer Brust sah.

„Du trägst einen BH", sagte ich. „Du trägst nie einen BH." Obwohl ich es mochte, dass ich sie leichter anfassen konnte, wenn sie nackt war, machte mich ihre sexy Spitzen Unterwäsche an und meinen Schwanz hart.

Sie musste leicht und weiblich lachen. *Ah... Musik in meinen Ohren .*„Ich wollte mich nicht umziehen. Ich kam sofort, nachdem ich diese Briefe bekommen hatte." Ihr Selbstvertrauen war voll zurück und sie sah mich mit einem ihrer schelmischen Lächeln an. „Du weißt, warum ich nie eine BH trage."

„Und warum?" fragte ich und steckte zwei Finger in sie, und sie wölbte ihren Rücken vom Sofa, um mich tiefer gleiten zu lassen.

„Ich wollte dich dazu bringen, mit mir Sex zu haben."

„Und ich habe dich entjungfert."

„Du hast mehr als das getan." Das Grinsen auf ihrem Gesicht wurde weicher und sie machte sich daran, ihre Shorts und ihr Höschen auszuziehen. War ja klar, dass das Herumgemache nicht genug für meine kleine Füchsin war. „D-du bist... du sorgst dich um mich. Du bringst mir nicht nur ständig alles über Sex bei, aber übers Leben im Allgemeinen. Gabe... du hast mir bei meinen Unibewerbungen und den Jobs für die Vorschule geholfen. Du hast mehr getan als jemals jemand zuvor ... mehr als meine eigene Mutter ... Du bist wie ein Freund und Vater in einer Person. Du kümmerst dich um mich und...ich..."

Sie stockte. Plötzlich sah sie nervös aus, aber sie versteckte es, indem sie ihre Augen schloss und sich darauf konzentrierte, wie meine Finger in sie ein und ausglitten. Ich wollte nicht, dass sie nervös war und besonders nicht in meiner Gegenwart. Sie sollte bereits wissen, dass ich immer für sie da sein würde. Aber es schien so, als ob sie das nicht wusste, dass sie zu viel gesagt hatte oder etwas in dem Sinne, dass zu früh zu ernst war. Wusste sie etwa nicht, dass sie *Die Eine* für mich war? Ich hätte sie sonst gar nicht erst gefickt.

„Ich glaube, das gefällt mir", sagte ich und brachte sie dazu, mich anzusehen, indem ich mein Finger unter ihr Kinn nahm. „Dein Freund und Daddy zugleich sein."

Sie riss die Augen weit auf und suchte nach meinen, um zu sehen, ob ich es ernst meinte. Langsam verschwanden ihre Nervosität und die Sorgenfalte auf ihrer Stirn, aber ein Hauch war noch da und deshalb beruhigte ich sei noch ein bisschen mehr. Sie war bei mir. Sie musste vor nichts Angst haben.

Ich kam näher an sie und gab ihr sanfte und harte Küsse auf den Mund. Ihre Hände wanderten zu meiner Kleidung und sie zog mein Hemd über meinen Kopf und zog meine Shorts runter, bis ich nackt war und mein Schwanz gegen ihren Schenkel drückte. Sie trug allerdings immer noch ihren BH und ihr Höschen. Es war aber leicht sie auszuziehen – und es machte natürlich Spaß.

„Gabe..." atmete sie, als sie spürte, wie ich mit meinem Schwanz in sie eindrang. Sie wölbte wieder ihren Rücken vom Sofa weg, damit ich besser in sie eindringen konnte. Sie war keine Jungfrau mehr und ihre Pussy öffnete sich nun gut für mich. Ich hatte sie seit dem ersten Mal bereits auf so viele verschiedene Weisen gefickt, aber ich musste immer noch richtig schön tief in ihr kommen. Eines Tages würde ich in ihrem Mund kommen, aber ich war noch nicht bereit, es gegen das Ficken einzutauschen.

Ich drückte und versuchte, noch tiefer in sie einzudringen, aber es ging nicht tiefer und die Spitze meines Schwanzes drückte gegen das Ende ihres engen Kanals. Ich sah sie an, sah das Lächeln auf ihren Lippen und konnte nicht anders, als sie zu küssen. Sie hatte etwas an sich – einiges eigentlich. Ich konnte es nicht an einer Sache festmachen. Sie ließ mich so viel spüren und ich wollte nicht, dass diese Gefühle jemals vergingen. Sie verschönerte mein Leben, besonders mit ihrem Lächeln und natürlich, mit dem heißen Sex. Mit jedem Stoß und jedem ihrer atmigen Schreie dachte ich: „Meine."

„Fuck..." stöhnte ich, als sie ihre Beine noch weiter spreizte, damit mein Schwanz noch tiefer in sie eindringen konnte. Sie legte ihre Knöchel auf meine Schulter und stöhnte lauter – schrie schon fast –, während ich weiter in sie einstieß. Fuck, woher wusste sie, dass sie das tun sollte?

„So...versaut", murmelte ich.

Sie fasste in mein Haar, an ihre Brüste, meinen Arsch und ihre Klit, als ich schneller wurde. Sie schrie nun, rief meinen Namen, sodass es die Nachbarn hören konnten. Es war mir egal. Es gefiel mir, wenn sie schrie. Es war wie mein Preis dafür, dass ich sie erobert hatte. Meinem Ego gefiel es definitiv, wie sie sich bei dem, was ich mit ihr machte, gehen ließ, aber noch viel wichtiger war, dass es mir zeigte, dass sie jeden Zentimeter meines dicken Schwanzes mehr als genoss.

„Mary…" Ich hauchte ihren Namen und sie wusste, was das bedeutete. Ich spürte, wie mein Schwanz in ihr zuckte und schon bald überflutete mein Sperma ihre Pussy. Ich fuhr damit fort, in sie zu pumpen und als ich meinen Schwanz endlich herauszog, grinsten wir uns bei dem Anblick, wie mein Sperma feucht aus ihr heraustropfte, an.

„Ja, keine Jungfrau mehr. Diese Pussy gehört mir." Ich schaute in ihre grünen Augen. „Richtig, kleines Mädchen?"

„Ja, Daddy. Meine Pussy gehört nur dir."

„Komm her", forderte ich sie auf und breitete meine Arme aus, damit sie ihren Kopf an meine Brust legen konnte. Mein Sofa hatte die richtige Größe, damit wir beide eng aneinander daliegen konnten. Sie kuschelte sich näher an mich und unsere Beine waren miteinander verflochten und mein Arm lag über ihren Brüsten. Ich küsste sie sanft auf den Kopf.

„Du weißt, dass ich dich jetzt nicht mehr gehen lasse, oder?" sagte ich. Als sie zu mir hochschaute, waren ihre Augen voller Überraschung und Liebe und sie grinste.

„Das würde mir gefallen, weil ich nirgendwo hingehen will."

KAPITEL 8

$\mathcal{M}$ary

„MARY…"

Ich hörte seine Stimme. Obwohl es immer noch kommandierend klang, war es ein wenig flehend. Er war mein Daddy. Ich wusste, dass er nicht mein Vater war. Gott, das wäre eklig. Aber er war genauso, wie ich mir einen Mann vorgestellt hatte. Er war mitfühlend, aber dominant. Ich nannte ihn jetzt einfach so – Daddy – und jedes Mal hatte er positiv darauf reagiert. Entweder hatte er mir daraufhin gesagt, dass ich mich auf seinen Schoß setzen sollte oder ich sollte mich an ihn kuscheln. Ich liebte es. Im Vergleich zu meinem zierlichen Körper fühlte er sich so groß und warm an. In seiner Nähe fühlte ich mich immer so an, als ob mir nichts Schlimmes passieren könnte, weil er mich beschützen würde.

„Mary", sagte er wieder und kam zu mir zum Sofa. Wie immer legte er seine Arme um meine Taille und zog mich auf seinen Schoß. Ich legte mein Gesicht an seinen Nacken und seufzte erleichtert. Ich fühlte mich automatisch wohl. Ich könnte einfach meine Augen schließen und einschlafen. „Was beschäftigt dich? Komm schon, erzähl Daddy von deinen Problemen. Habe ich dir nicht vor zwei Tagen gesagt, dass ich dich nie wieder hergebe?"

Ich nickte.

„Siehst du, dann heißt das, dass wir offen miteinander umgehen müssen. Es dürfen keine Geheimnisse zwischen uns sein, wenn wir wollen, dass das mit uns funktioniert...weißt du", fuhr er fort, machte eine Pause und sagte dann: „Für immer ist eine lange Zeit, in der man sich Dinge verheimlichen kann."

Er brauchte mich nicht einmal anstoßen. Bei Gabe fühlte ich mich sicher. Noch besser: Ich wusste, dass er mir bei meinen Problemen helfen würde. In dieser Nacht, als er mir gesagt hatte, dass er mich nie wieder gehen lassen würde, hatte ich die Aufrichtigkeit in seinen Worten und Taten gehört und gefühlt. Er brachte nicht bloß Scheiß heraus. Er war ein echter Mann. Er würde das nie tun. In dieser Nacht hielt er mich die ganze Zeit, die wir schliefen, fest in seinen Armen und an seiner Brust.

Mit all diesen Gedanken, die mir im Kopf herumschwirrten, konnte ich meine Gefühle nicht länger kontrollieren. Ich fing bitterlich zu weinen an und es wurde nur noch schlimmer, als er mich noch fester umarmte und mir über den Kopf strich.

„Es ist b-bloß..." *Scheiß drauf.* Ich war nicht die

Schönste, wenn ich weinte. Ich hatte blutunterlaufene Augen, Schnodder kam mir aus der Nase und einige Strähnen waren feucht und klebrig von meinen Tränen. Aber meine Gefühle...ich konnte sie *verdammt noch mal* nicht länger kontrollieren... Es half nicht, dass Gabe mich mit so viel Liebe und Fürsorge festhielt, als ob er die Tränen aus mir herauspressen würde. „Diese Woche war...e-einfach nur so, so st-stressig... I-ich hatte einen riesigen Streit mit meiner Mutter." Ich wischte mir mit meinen Handrücken an der Nase. „I-ich will nicht mehr...d-dableiben, also haben meine Freundin, Sally, u-und ich angefangen nach...nach e-einer Wohnung zu s-suchen."

„Schhh..." sagte er und spielte immer noch mit meinen Haaren. Er setzte sich aufrechter hin, damit ich meinen Kopf an seine Brust legen konnte. Ich liebte dieses Gefühl. Als ich ihm sagte, dass ich nicht wollte, dass er meinen Schnodder an sein Hemd bekam, sagte er mir, dass ich mich beruhigen sollte und dass es ihm egal sei. Es war ihm wichtig, dass ich meine Gefühle rausließ, damit ich mich besser fühlte.

Ich konnte nur daran denken, was für ein Glück ich hatte, dass ich ihn getroffen habe. Er hatte mir einen Job gegeben, als ich einen brauchte und hatte sich meiner schlampigsten und schamlosesten Weise angenommen. Ich wollte meine Jungfräulichkeit verlieren, aber er hatte mir so viel mehr gegeben.

Und nun versprach er mir den Himmel auf Erden und wollte sich einer riesigen Verantwortung stellen. Ich wusste, dass ich eine Last für ihn war, aber er behandelte mich so als wäre er der glücklichste Mann auf Erden, weil er mich hatte. Ich hatte das Gefühl, die Glückliche zu sein, als er sagte: „Hör auf nach einer Wohnung zu suchen. Ich kann deiner Freundin, Sally, dabei helfen, eine Wohnung für sich selbst zu finden, aber du bleibst hier bei mir."

Ich hörte für einen Moment auf zu weinen, als ich meinen Kopf anhob, um ihn anzuschauen. Er meinte es todernst. *Er wollte, dass ich bei ihm einzog?* War das nicht ein riesiger Schritt?

„Mary...Ich habe dir immer wieder gesagt, dass du mir gehörst", fing er an und zog die Lippen zu einem Lächeln nach oben. „Wann glaubst du mir endlich?"

Ich brauchte einen Moment, um eine Antwort zu finden. Ich wusste bereits, was ich sagen würde. Es war bloß... Ich konnte es immer noch nicht glauben. Es hatte mich gestört, nach einer neuen Wohnung zu suchen und da war Gabe und löste mein Problem in weniger als einer Minute. Ich fing wieder an zu weinen. Ich konnte es nicht ändern. Ich konnte nicht glauben, dass er das für mich tun würde. Ich konnte es nicht länger leugnen. Er sorgte sich wirklich um mich.

Ich antwortete ihm, indem ich ihm einen Kuss auf die Lippen drückte. Als er seinen Mund öffnete, atmete ich seinen Atem ein, bevor ich meine Zunge in ihn gleiten ließ, um mit seiner zu spielen. Er nahm mich fester in seinen Arm und ich fing an mit meinen Fingern in seinen Haaren zu spielen. Er begann mich nach hinten zu drücken, damit ich auf dem Sofa lag, aber dann klingelte es an der Tür. Er ignorierte es. Es klingelte wieder, aber wir machten einfach weiter miteinander rum. Als die Klingel dann aber erneut schellte, stieß er mich von sich weg. Er sah genervt aus, als könnte er jemanden umbringen. Ich setzte mich hin und wartete darauf, dass er zurückkam.

Stattdessen hörte ich eine mir bekannte Stimme und ich schauderte. Bevor ich mich versah, schaute ich in die Augen meiner Mutter.

 *abe*

SCHEIß DRAUF.

Aber ich konnte nicht länger warten. Es waren drei Tage vergangen und ich hatte immer noch nichts von Mary gehört. An dem Abend, als ihre Mutter bei mir vor der Haustür stand, hatte ich die Dynamik zwischen den beiden gesehen und ich konnte ehrlich nichts Gutes darüber sagen. So wie sie sich bewegte und sprach, konnte ich Marys Mutter einfach nicht respektieren. Wie ein solch schöne, liebevolle und verständnisvolle Person wie Mary von ihr abstammen konnte, konnte ich nicht nachvollziehen. Sie waren so unterschiedlich, bis auf die grünen Augen vielleicht, aber selbst die ließen genug Raum zur Diskussion. Marys Augen waren hellgrün und die ihrer Mutter waren dunkelgrün. Ich schüttelte meinen Kopf, um meine Gedanken abzulenken. Marys Mutter zu hassen, würde ihr keineswegs helfen. Nachdem ich drei Tage gewartet und keinen einzigen Anruf erhalten hatte, entschloss ich mich, die Dinge in meine eigenen Hände zu nehmen.

Ich sprach mit Gabe, der mit Jane sprach, und wusste wo Mary wohnte. Auf diese Weise fand ich ihre Adresse heraus. Warum, zum Teufel, ich nicht wusste, wo sie wohnte, wusste ich selbst nicht. Jane hatte erst gezögert. Sie hatte mich gewarnt, dass Marys Mutter es an Mary auslassen würde, wenn ich unangemeldet vorbeischauen würde, wenn sie da war. Ich bat Jane, etwas genauer zu sein und mir zu erklären, was sie mir gerade gesagt hatte. Schlug sie Mary? Ich hatte jeden Zentimeter von Mary gesehen und nie auch nur einen Kratzer oder blaue Flecken gesehen. Verbaler Missbrauch? Jane sagte, dass es nicht so sei, aber warnte mich lediglich davor, etwas Dummes zu tun. Um ihre Nerven zu beruhigen, hatte ich ihr gesagt, dass sie es mit Mary absprechen sollte, bei ihr zu übernachten, wenn ihre Mutter nicht da war. Dann würde ich mir mein Mädchen holen.

Das war heute.

Und ich würde sie endlich wiedersehen.

Es war nur 3 verdammte Tage her, aber es kam mir viel länger vor. Ihre Abwesenheit verstärkte in mir nur das Verlangen nach ihr. Kein warmer Körper zum Umarmen, niemanden, um Filme zu schauen und auf dem Sofa zu kuscheln. Keine heiße Pussy, keine pinken Nippel. Kein hübscher Arsch. Jeden Abend kam ich in ein leeres Haus zurück, da Ashley noch immer bei meiner Mutter war. Ich fühlte mich schnell alleine und ich wollte es nicht verbergen. Ich vermisste Mary.

Ich bog in ihre Einfahrt und ehrlich gesagt, hatte ich nicht darüber nachgedacht, was ich tun oder eher sagen sollte. Das einzige, was ich geplant hatte, war es, dass ich sichergehen musste, dass es ihr gut ging. Ich wollte sie sehen, sie küssen, mit ihr sprechen und Sex mit ihr haben. Alles in keiner bestimmten Reihenfolge. Nun, ich wollte all das machen, während ich Sex mit ihr hatte. Ich vermisste sie und ich machte mir Sorgen. Es gefiel mir nicht, dass sie nicht erreichbar war und wollte mich vergewissern, dass es ihr gut ging. Sie hatte mich Daddy genannt und ich nahm das ernst.

Mich um sie zu kümmern, befriedigte ein Bedürfnis in mir, von dem ich nicht gemerkt hatte, dass es mir fehlte. Meine Nichte, Ashley, war anders. Ja, ich kümmerte mich um sie, aber der Onkel eines kleinen Mädchens und Marys *Daddy* zu sein, waren zwei komplett unterschiedliche Dinge.

Meine letzte feste Freundin hatte es mir nie erlaubt, dass ich mich um sie kümmerte. Sie wehrte sich sozusagen mit Händen und Füßen und ich hatte sie genug geliebt, um den Fuß vom Gas zu nehmen und ihr nur das zu geben, was sie benötigte. Vielleicht hatte es deswegen nicht funktioniert. Ich brauchte mehr. Ich musste die Kontrolle und das Gefühl haben, dass ich in ihrem Leben wichtig war. Aber meine Ex wollte nicht, dass ich über ihr schwirrte oder mich in ihr Leben oder ihre Entscheidungen einmischte. Ich war nur am Rande wichtig und bemerkte, nach einigen kurzen Monaten, dass ich ihr nicht wichtiger war als bloß ein Sexspielzeug. Jemand, mit dem sie reden konnte. Ein Kumpel, aber kein Mann.

Ich hatte meine Bedürfnisse hintenangestellt, nur um sie nun mit jemand anderem neu zu entdecken.

Mary.

Sie brauchte mich. Sie will, dass ich mich um sie kümmere. Als ich sie im Arm hielt, fühlte ich mich unbesiegbar wie ein Superheld im wahren Leben und ich wollte das nicht aufgeben. Nicht da ich doch wusste, dass sie mich genauso braucht wie ich sie. Sicherlich, es gab einen Altersunterschied, aber Scheiß drauf. Sie gehörte mir. Ich würde sie in Watte packen und ich würde sie verhauen und zum Lächeln bringen. Ich würde sie auf dem Schoß halten und beruhigen. Ich würde sie ficken bis sie verschwitzt und zittrig war.

Nur...ich. Und ich wollte sie zurück. Ich wollte sie für immer.

Ich stieg aus meinem Auto und ging auf die Haustür zu. Ich streckte meinen Arm aus, um zu klingeln, aber bevor ich es tat, flog die Tür auf und Mary sprang in meine Arme. Haut an Haut konnte ich ihre Wange an meinem Nacken spüren. Es war leicht feucht, da sie plötzlich angefangen hatte zu weinen, als sie mich sah.

„Baby..." sagte ich und streichelte ihre Haare. Sie wickelte ihre Beine um meine Hüfte und ich trug sie in ihr Haus. „Nicht weinen. Ich bin ja jetzt da. Daddy ist da."

„W-wie...?" stotterte sie. Sie beruhigte sich, aber die Tränen standen ihr immer noch in den Augen. „D-du w-warst nie..."

„Jane... Ich habe sie um deine Adresse gebeten und ich habe mich vergewissert, dass deine Mutter nicht zu Hause ist. Sie ist nicht hier, oder?"

Mary schüttelte schnell den Kopf und vergrub wieder ihren Kopf an meinem Nacken. Ich spürte ihren warmen Atem an meiner Haut und aufgrund des kitzelnden Gefühls konnte ich meinen Schwanz nicht davon abhalten, härter zu werden. Sie hatte diesen Effekt auf mich und es half wahrscheinlich auch nicht, dass ihre Brüste gegen meine Brust gedrückt waren.

„Gehen wir auf mein Zimmer", sagte sie und ich bewegte mich auf die Treppe zu. Mary zeigte auf ihr Schlafzimmer. Ich legte sie aufs Bett und sie krabbelte nach hinten, um sich gegen das Kopfende zu lehnen. Ich tat dasselbe und legte meinen Arm um ihre Schultern und zog sie näher an mich.

„Du hast weder auf meine Anrufe noch auf meine Nachrichten reagiert ... Jane hat gesagt, dass deine Mutter dein Handy einkassiert hat, aber dass sie es dir für eine Stunde pro Tag gegeben hatte ..." Ich konnte nicht anders als meine Lippen traurig nach unten zu ziehen. Jedes Mal, wenn ich versucht hatte, Mary anzurufen oder ihr eine Nachricht zu schreiben und sie nicht geantwortet hatte, wollte ich etwas kaputtschlagen.

„W-was...?" Ich sah dabei zu, wie Mary schockiert große Augen machte. „Ich habe nie etwas von dir bekommen ..." Sie schaute für einen Augenblick in Gedanken versunken weg, bevor sie mich wieder anschaute. „Es sei denn, meine Mutter hatte alles gelöscht. Ich würde es ihr zutrauen. Sie erzählte mir die ganze Zeit, dass du mich nur benutzt. Ich bin jung und unerfahren und du bist so erwachsen und weltgewandt. Meine Mutter war mit vielen Männern zusammen, also habe ich ihr vertraut, wenn es ums Thema Beziehungen ging ... Sie hat mir erzählt, dass erfolgreiche Typen wie du sich nie für Mädchen wie mich interessieren. Dass du mich wahrscheinlich nur zum Spaß gefickt hattest und dich nicht weiter für mich interessierst. Du seist hinter erfolgreichen, unabhängigen Superweibern her, die wissen wie sie..."

Sie stockte und in diesem Moment mochte ich ihre Mutter wirklich kein bisschen, weil sie Mary anhand ihrer Unsicherheiten gegen mich ausspielte.

Ich ballte meine Hände zu Fäusten und atmete tief ein, um mein Temperament zu kontrollieren. Gut, dass ihre Mutter nicht zu Hause war oder ich hätte wohl möglich etwas getan, wofür mich Mary hassen könnte.

„Blödsinn", sagte ich schnell. „Du bist perfekt, Mary. Du bist klug und lustig und wunderschön. Dein Lachen macht mich glücklich und du bist liebenswürdig. Fürsorglich."

Sie weinte noch mehr und als ich sie fragte, was los war, antwortete sie mir nicht, sondern wurde rot.

Meine unschuldige, junge Frau brauchte noch eine andere Art Zuspruch. Ich griff mit meiner Hand in ihr Haar und hob ihre Lippen zu mir an, damit ich auf sie zusprechen konnte. Als ich das tat, brachte ich meine Hand nach vorne und ließ sie in ihre Jogginghose, direkt zu ihren heißen, feuchten Schamlippen wandern, damit ich ihre Klit reiben konnte. „Du bist perfekt im Bett. So heiß", ich glitt mit meinen Fingern tief in ihre Hitze und rieb ihren Saft über ihre Klit. „So feucht. Du bist immer so feucht für mich. Ich liebe es, dich und deine süße, enge Pussy zu ficken." Ich rieb ein wenig fester und sie hob ihre Hüften vom Bett und drückte sich gegen meine Hand, als ich ihren Nacken küsste und sie zurück auf das Bett drückte. Ich würde sie nicht in ihrem Zimmer ficken. Nicht wenn ihre Mutter jeden Moment nach Hause kommen könnte. Aber ich würde sichergehen, dass sie wusste, was ich ihr gegenüber empfand und wie verdammt hübsch und perfekt sie war.

Meine Hand wurde schneller und ich bearbeitete ihren Körper bis sie unter mir nachgab. Ihr Orgasmus durchströmte sie und sie ließ ihren Kopf stöhnend in den Nacken fallen.

Nur um es noch deutlicher zu machen, ließ ich es nicht zu, dass sie sich ausruhte, sondern bearbeitete sie wieder mit meinen Fingern und brachte zwei Fingerspitzen tief in sie, um sie an der Basis ihrer Gebärmutter zu reiben. Sie winselte und ich nahm ihren Nippel durch ihre Kleidung hindurch in meinen Mund und biss leicht zu, während mein Daumen mit ihrer Klit beschäftigt war.

„Gabe! Daddy, bitte ..." Ihr atemloses Flüstern ließ mich zittern und ich war wirklich kurz davor, meine Wichse in meine Boxershorts abzuspritzen und musste eine unglaubliche Willenskraft aufbringen, um mich zurückzuhalten. Meine Wichse war für sie und zwar nur für sie. Und ich wollte sie tief in ihrem Körper, damit sie wusste, zu wem sie gehörte und wer sie erobert hatte. Der, der sie wollte und sonst niemand, niemals.

„Komm noch mal für mich, Baby. Komm auf meinen Fingern."

Das war alles, was sie brauchte, die Erlaubnis, einen Befehl ihres Daddys, einen sicheren Ort.

Ihr Orgasmus rollte durch sie und sie sah nie schöner aus, so verdammt perfekt wie sie es war, während sie die Kontrolle komplett auf meinen Fingern und auf ihrem mit pinken Rüschen besetzten, pinken Bettlaken verlor.

Als es vorbei war, zog ich meine Hand von ihr weg und leckte meine Finger ab. Dabei sah ich ihr in die

Augen, damit sie wusste, dass ich alles an ihr liebte, einschließlich ihres heißen Geschmacks an meiner Hand. „Niemand hat mich je so angemacht wie du, Baby."

Ich kam wieder ans Kopfende des Bettes zurück und hob sie in meine Arme, um sie noch fester zu umarmen. Sie war wie mein kleiner Stressball. Sie so fest zu umarmen, löste den Stress und die Wut auf, die ich spürte. „Deine Mutter kennt mich nicht. Du kennst mich, Mary."

Sie nickte. „Es ist bloß, nun ja... Ich bin... Ich habe nicht viel Erfahrung. Und du bist so viel älter und erfahrener als ich. Du hast ein Haus und einen Job und ein Leben und ich habe nichts, weißt du. Ich bin ein wertloses Kind, das gerade mal mit der Schule fertig ist."

„Du sprichst wie deine Mutter." Noch ein Punkt, der an ihre Mutter ging. „Du bist süß und freundlich und liebevoll. Du bist so hübsch, intelligent, lustig. Nach all dem, was ich dir gesagt habe, vertraust du mir immer noch nicht und glaubst mir nicht, wenn ich sage, dass ich mit dir zusammen sein will?"

Sie schüttelte wieder mit dem Kopf. „Ich glaube dir ... Es ist bloß..." Sie machte eine Pause und fuhr dann fort: „Ich weiß, dass ich meiner Mutter nicht die Kontrolle überlassen sollte. Ich bin alt genug, um mein eigenes Leben zu leben, ohne dass sie mir sagt, was ich zu tun und zu lassen habe."

Ich nickte und ließ sie aussprechen.

„Es tut mir leid, Gabe. Meine Mutter hat es geschafft, mich gegen dich zu wenden. Das wird nie wieder passieren."

„Schhh...", sagte ich und nahm sie bei der Hand. „Du sollst dich nicht entschuldigen oder du musst dich wieder in die Ecke stellen." Dann nahm ich einen Finger unter ihr Kinn, um sie dazu zu bringen, mich anzuschauen. Langsam öffnete ich meinen Mund. Es schien genau der richtige Moment zu sein. Wir waren von ihrem alten Leben umgeben, wenn ich ihr ein neues anbieten würde.

„Ich liebe dich, Mary. Wirklich."

Ihr Lächeln reichte voll und ganz als Antwort aus, aber Mary gab mir immer weitaus mehr als das, wonach ich bat. „Ich liebe dich auch. Daddy."

EPILOG

 *ary*

„Es ist großartig, dem Namen endlich ein Gesicht zuordnen zu können. Ich habe so viel von dir gehört!" fing Bethany an. Sie stand stolz in ihrer Militäruniform vor mir. Sie war noch nicht lange wieder zu Hause gewesen und trotzdem vermisste ich meine Tage mit Ashley bereits. Aber jetzt, da ich an der Uni für mein Studium zur Lehrerin eingeschrieben war und bei der Vorschule arbeitete, musste ich zugeben, dass ich keine Zeit mehr hatte, um so oft auf Ashley aufzupassen.

„Und bitte, auf mein Kind aufzupassen, wenn ich doch speziell meinen Bruder darum gebeten habe? Dafür werde ich dir ewig dankbar sein!"

Ich konnte nicht anders, als lauthals loszulachen. „Ashley, ist ein kleiner Engel. Wir sind super miteinander zurechtgekommen, nicht war, du Dreikäsehoch?" Dabei wandte ich mich dem kleinen auf dem Boden spielenden Mädchen zu. Gabes Schwester war ein ganz schöner Charakter und so wie sie sprach und sich verhielt, konnte ich die Ähnlichkeiten zwischen ihr und ihrem Bruder erkennen. Beide liebten es, herumzuwitzeln und dabei gab es keine Tabus und es war nur noch lustiger, wenn sie es gegenseitig taten. Nach zehn Minuten hatten es die beiden bereits geschafft, dass ich vor lauter Lachen grunzen musste. Ganz lady-like. Was mich nur noch mehr zum Lachen brachte.

Als die Party zwei Stunden später zu Ende war, musste ich vor Lachen weinen und meine Wangen taten weh.

„Die einzigen Tränen, die du von jetzt an weinen wirst, sind Freudentränen, okay?" sagte sie, als sie rüber- kam, nachdem sie allen Freunden und Verwandten, die sie eingeladen hatte, „Auf Wiedersehen" gesagt hatte. Wir standen im Wohnzimmer. Der nun leere Raum wirkte mit den Familienmitgliedern, die noch da waren, unheimlich leer, fast so als ob wir alle im Schockzustand waren. Aber Bethany lächelte und umarmte mich schnell. „Ich schwöre, wenn dir mein Bruder wehtut, wird es sich mir gegenüber erklären müssen!"

„Warte, was?" rief Gabe. „Sollte nicht ich dich beschützen? Ich bin dein Bruder."

Wir lachten alle und dann lief Ashley auf uns zu und wollte, dass Bethany sie auf den Arm nimmt. In einer schnellen Bewegung hatte Bethany Ashley hochgehoben und auf ihre Schultern gesetzt. Als ich mich nach Gabe umschaute, kniete er vor mir.

Wir waren in der Mitte des Raums und seine Familie stand in einem lockeren Kreis um uns herum. Ich drehte mich wieder zu Bethany – das sollte doch ihre 'Willkommens'-Party sein. Allerdings hatte sie ein wissendes Lächeln im Gesicht und ich fing zu zittern an, als ich mich wieder umdrehte und auf den Mann schaute, den ich liebte und der vor mir kniete.

„Mary, ich liebe dich. Du bist das Licht in meinem Leben und du machst mich glücklicher als ich es mir je hätte vorstellen können. Willst du mich heiraten, Baby?" fragte er und ich starrte ihn nur an. Er streckte seine Hand aus. Darin hielt er eine Schachtel mit einem Ring, aber ich war zu sehr von ihm und seinem Antrag geblendet, dass ich den Ring kaum wahrnahm. Ich wusste, was meine Antwort sein würde. Wir hatten darüber gesprochen und wir hatten angefangen, unsere gemeinsame Zukunft zu planen. Dies war der offensichtliche nächste Schritt, aber ich hatte es mir niemals erträumt. Gabe kniete vor mir und hielt vor allen um meine Hand an.

Mir wurde heiß und mir war schwindelig, vor lauter Freude, und ich konnte kaum sprechen. Ich hatte einen Kloß im Hals, ich versuchte die richtigen Worte zu finden.

„Ja! Ja, ich will dich heiraten."

Und schon brach seine Familie um uns herum im Applaus aus, während Gabe mir den Ring an den Finger steckte, aufstand und mich dann von allen wegzog. Als wir alleine im Esszimmer waren und die Schiebetüren zugezogen waren, drückte er mich nach oben gegen die Wand und vergrub seine Nase in meinen Haaren und an meinem Nacken. Ich spürte seine heißen und schweren Atemzüge an meiner Haut und sie lösten an meinem ganzen Körper eine Gänsehaut aus. Es machte mich sofort an und die Muskeln in meiner Pussy zogen sich zusammen und wollten verzweifelt, dass er in mir war.

„Du wirst meine Frau werden."

Ich konnte nur nicken.

„Du wirst mein Baby bekommen."

Ich konnte nicht anders als breit zu lächeln und dann wieder zu nicken.

„Und wir fangen jetzt an."

Ich atmete auf, als er mich hochhob, gegen die Wand drückte, seine Hose aufmachte und mich mit seinem harten Schwanz erfüllte. Ich hatte ihn den ganzen Tag damit geärgert, dass ich keine Unterwäsche trug. Ich war schockiert und aufgeregt, dabei heiß und feucht, dass seine harte Länge in mich eindrang als wären wir füreinander geschaffen worden.

„Ja, Papa! Ja." Ich flüsterte die Worte, von denen ich wusste, dass sie ihn hart und heiß machen und außer Kontrolle bringen würden. Ich fühlte mich wild und absolut geliebt und ich wollte, dass er genauso wild und bedürftig war.

Meine Begierde nach ihm und danach, ihm die Kontrolle zu überlassen war eines der Dinge, die er an mir liebte. Ich war für alles zu haben und er hatte das immer wieder erwähnt. Mit ihm in einer Beziehung zu sein war mühelos. So wie es sein sollte. Wir stritten uns nie und wir wussten, wie wir miteinander kommunizieren mussten. Als wir Probleme hatten, stellten wir uns dem Problem gemeinsam, anstatt uns gegenseitig anzugreifen. Es war eine Partnerschaft, eine aufregende sogar. Wir machten uns unsere Leben einfacher und wir hatten mehr Spaß. Auch wenn ich jung war, wusste ich, dass diese Art Liebe selten war.

„Ich werde in dir kommen ... dich ausfüllen ..." sagte er und stieß in mich ein und aus und wurde immer schneller. „Eines Tages wirst du mein Baby bekommen. Gemeinsam werden wir etwas Wunderschönes schaffen..."

„Ich liebe dich, Daddy", war alles, was ich sagen konnte. Ich hätte niemals geglaubt, dass ich die perfekte Beziehung haben würde. Ich hatte einige Beziehungen meiner Mutter mitbekommen, die schief gegangen waren. Ich war also desensibilisiert von der Vorstellung, dass eine perfekte Beziehung tatsächlich existierte. Und nun fand ich mich selbst in einer wieder.

„Ich liebe dich noch mehr", antwortete Gabe und stieß härter und schneller in mich ein und begann, meine Klit zu reiben. Er stieß schonungslos in mich ein und ich bohrte meine Fingernägel in seinen Rücken und meine Zähne in seinen Nacken, um mich davon abzuhalten zu schreien. Seine Familie war kaum ein paar Meter entfernt und wir waren hier und würden bald zum Höhepunkt kommen.

„Ich komme gleich, Gabe ... Ich komme..."

„Zusammen, Baby", sagte er und drückte mir einen festen Kuss auf den Mund. „Zusammen."

Er schluckte meinen Schrei mit seinem Kuss herunter. Seine Lippen schmeckten wie der Himmel und sein Körper zuckte und pulsierte in mir. Meine Pussy sog alles aus ihm heraus und beanspruchte ihn auf ihre eigen Weise.

Ich mochte vielleicht ihm gehören, aber er gehörte auch mir. Und da sein Schwanz bis zu seinen Hoden tief in mir war, begann sein Körper zu beben und zu zittern. Ich hatte seinen Ring an meinem Finger und jeder

Zweifel verflog. Jahre der Unsicherheit und Fragerei flogen aus dem Fenster und ich war zu Hause. Wirklich, wirklich zu Hause in Gabes Armen. Meinem Daddy.

Eigentlich wollte ich nur meine Jungfräulichkeit verlieren. Ich hätte niemals geglaubt, dass sich mein Märchentraum verwirklicht. „Bis in alle Ewigkeit ..."

* * *

Lies Seine verruchte Jungfrau nächstes!

Ryan ist ein schlimmer Bursche, das schwarze Schaf einer der reichsten Familien der Stadt. Er hat jenes Leben hinter sich gelassen, um seinen eigenen Weg zu gehen. Mit Motorrädern und Tattoos.

Dann ist da noch Taylor. Süß und rein. Er wird sie verderben. Sie gehört jetzt ihm und er wird sie niemals gehen lassen.

Lies Seine verruchte Jungfrau nächstes!

BÜCHER VON JESSA JAMES

Bad Boy Billionaires

Eine Jungfrau für den Milliardär

Ihr Rockstar Milliardär

Ihr geheimer Milliardär

Ein Deal mit dem Milliardär

Mächtige Milliardäre Bücherset

Der Jungfrauenpakt

Der Lehrer und die Jungfrau

Seine jungfräuliche Nanny

Seine verruchte Jungfrau

CLUB V

Entfesselt

Entjungfert

Entdeckt

Zusätzliche Bücher

Fleh' mich an

Die falsche Verlobte

Wie man einen Cowboy liebt

Wie man einen Cowboy hält

Gelegen kommen

Küss mich noch mal

Liebe mich nicht

Hasse mich nicht

Höllisch Heiß

Dr. Umwerfend

Sehnsucht nach dir

Slalom ins Glück

Neues Glück

Rock Star

Die Baby Mission

ALSO BY JESSA JAMES (ENGLISH)

Bad Boy Billionaires

A Virgin for the Billionaire

Her Rockstar Billionaire

Her Secret Billionaire

A Bargain with the Billionaire

Billionaire Box Set 1-4

The Virgin Pact

The Teacher and the Virgin

His Virgin Nanny

His Dirty Virgin

Club V

Unravel

Undone

Uncover

Cowboy Romance

How To Love A Cowboy

How To Hold A Cowboy

Beg Me

Valentine Ever After

Covet/Crave

Kiss Me Again

Handy

Bad Behavior

Bad Reputation

Dr. Hottie

Hot as Hell

Pretend I'm Yours

Rock Star

Capture

Control

ÜBER DIE AUTORIN

Jessa James ist an der Ostküste aufgewachsen, leidet aber an Fernweh. Sie hat in sechs verschiedenen Staaten gelebt, viele verschiedene Jobs gehabt und kommt immer wieder zurück zu ihrer ersten großen Liebe – dem Schreiben. Jessa arbeitet als Schriftstellerin in Vollzeit, isst zu viel dunkle Schokolade, ist süchtig nach Eiskaffee und Cheetos und bekommt nie genug von sexy Alphamännchen, die genau wissen, was sie wollen – und keine Angst haben, dies auch zu sagen. Insta-luvs mit dominanten, Alphamännern liest (und schreibt) sie am liebsten.

HIER für den Newsletter von Jessa anmelden:
http://bit.ly/JessaJames